Uwe Goeritz

Weihnachten auf Schloss Wolfenfels

Bibliografische Information der Deutschen Nationalbibliothek:

Die Deutsche Nationalbibliothek verzeichnet diese Publikation in der Deutschen National-bibliografie; detaillierte bibliografische Daten sind im Internet über http://dnb.dnb.de abruf-bar.

Coverbild: Bilder von StockSnap und Thorsten Schulze auf Pixabay

Covergestaltung: Uwe Goeritz

Herstellung und Verlag: BoD – Books on De-mand, Norderstedt

ISBN: 978-3-7568-3661-1

Inhaltsverzeichnis

*D*iese Erzählung sollte Jugendlichen nicht zugänglich gemacht werden.

Ausnahmslos alle Beteiligten dieser Geschichte sind erwachsen und über 21 Jahre alt.

Sämtliche Orte, Figuren, Firmen und Ereignisse dieser Erzählung sind frei erfunden. Jede Ähnlichkeit mit echten Personen, ob lebend oder tot, ist rein zufällig und vom Autor nicht beabsichtigt.

1. Kapitel

Im Nebel der Nacht

anft und leise fällt der Schnee aus dicken und grauen Wolken auf die Stadt herunter. Der erste Advent beginnt so, wie er eigentlich nicht schöner sein könnte und die weiße Pracht deckt langsam die grauen Straßen zu.

Die ersten Strahlen der morgendlichen Sonne glitzern auf den Schneekristallen, die sich im Park auf die Büsche und Baumkronen legen und in wenigen Stunden würde wohl dieser erste Schnee von den Schlittenkufen der Kinder zerfahren sein.

Langsam erwachte die Stadt in der Mitte Deutschlands aus der Nacht und die ersten Fahrzeuge ziehen schlitternd ihre Spuren durch den sich schon bald bildenden Matsch auf den Hauptstraßen.

Das Quietschen eines dieser Autos weckte eine junge Frau aus dem Schlafe auf und für einen Augenblick rätselte sie, wo sie sich momentan befand.

Langsam setzte sich Lissy im Bett auf und schaute sich um. Es musste ein Hotelzimmer sein und von der gegenüberliegenden Wand starrte sie ein groteskes Bild an. Das Gemälde war zum Fürchten und sie wollte im Moment lieber nicht wissen, was sich der Künstler dabei wohl gedacht hatte.

Gerade versuchte sie sich an den vergangenen Abend zu erinnern und gleichzeitig den Specht, der unablässig versuchte, sich durch ihre Schädeldecke nach draußen zu arbeiten, aus ihrem Kopf zu bekommen.

Nur langsam realisiert sie, dass sie nackt im Bett saß und sich alleine in diesem Zimmer befand, aber noch immer hatte Lissy keine Erinnerung daran, wie sie in dieses Bett gekommen war.

Den dröhnenden Kopf in die Hände und die Ellenbogen auf die Knie gestützt, versuchte sie auch weiterhin die Finsternis der vergangenen Nacht zu durchdringen, aber nichts fiel ihr dazu ein. Die letzten Fetzen der Erinnerung stammten von der Glühweinbude auf dem Weihnachtsmarkt.

Nur schleppend setzte sich ein Bild nach dem anderen vor ihren inneren Augen zusammen. Ihre Freundin Britta hatte sie versetzt, weil sie Überstunden hatte machen müssen und daher war sie eben einfach alleine losgezogen.

Aber so sehr sie auch versuchte, sich an irgendetwas nach dem Glühweinstand zu erinnern, das letzte Bild war ein Becher mit dem heißen Getränk, den sie an dem Stand getrunken hatte.

Abermals blickte sie sich in dem Raum um.

Das Bett war völlig zerwühlt und vor dem einigermaßen luxuriösen Ruhemöbel lagen ihre gesamten Sachen ziemlich wild auf dem Boden verstreut.

Auf dem Kissen neben ihr lag ein Zettel und sie zog ihn zu sich.

„Danke für die schöne Nacht. Jim", stand darauf und eine Handynummer war noch dazu gekritzelt.

Sie war also nicht alleine gewesen!

Und offensichtlich hatte ihr geheimnisvoller Begleiter ein ihr angemessenes Hotel gewählt, oder war sie es selbst gewesen, die instinktiv diesen Nobelschuppen vorgeschlagen hatte, dessen Adresse sich ebenfalls auf dem Blatt Notizpapier befand?

Lissy schob sich mühevoll aus dem Bett und schlurfte einfach nackt ins Bad hinüber.

Der Specht in ihrem Kopf gab einfach keine Ruhe und sie stellte sich unter die Brause, die ebenfalls ziemlich luxuriös aussah.

Alles, was sie im Moment brauchte, war vorhanden. Sogar ein ziemlich teures Duschgel gab es und langsam verschwand der nervtötende Vogel aus ihrem Schädel.

Minutenlang ließ sie das Wasser über ihren Körper laufen, bevor sie in der Lage war, sich selbst und ihre Haare zu waschen.

Mit dem Verschwinden des Spechtes stellte sie sich jetzt die Frage, wieso ihr dieser Glühwein eigentlich dermaßen die Beine weggezogen hatte, denn Lissy war sozusagen im Training, da sie fast jeden Abend durch die einschlägigen Bars und Clubs der kleinen Stadt zog.

Allerdings war es eben der erste Glühwein des Jahres gewesen und offensichtlich etwas hochprozentiger, als sie es erwartet hatte.

Oder waren es mehr als einer gewesen und sie konnte sich nur noch an den ersten davon erinnern?

Das flaue Gefühl in ihrem Magen sprach jedenfalls für eine größere Menge Alkohol.

Trotz der allmählich einsetzenden Ernüchterung blieb alles aus der Nacht auch weiterhin im Nebel des Vergessens.

Sie trat aus der Dusche und bemerkte ein paar benutzte Kondome im Eimer des Bades. Ihr mysteriöser Begleiter hatte wenigstens daran gedacht, sie selbst wäre dazu wohl kaum noch in der Lage gewesen. Wohl auch aus diesem Grunde hatte sie sich von zwei Jahren eine Spirale einsetzen lassen.

Mit dem Föhn trat sie vor den Spiegel und sah sich an. Sie war jetzt vierundzwanzig Jahre alt und lebte vom Geld, welches ihr der Vater regelmäßig mehr als großzügig überwies. Wenn man so wollte, dann hatte sie noch nicht einen Tag in ihrem Leben wirklich gearbeitet und deshalb war es wohl auf für sie so befremdlich gewesen, dass Britta sie einfach so versetzt hatte.

Britta war ein Jahr jünger als sie und eigentlich ihre einzige Freundin. Alle anderen, mit denen sie gelegentlich von einer Party zur anderen zog, waren höchstens Bekannte. Oder auch nur Gestalten, die sich von ihr aushalten ließen.

Während der Föhn ihre langen blonden Haare trocknete, zählte sie aus der Entfernung die Kondome nach. Da lagen vier Stück im Eimer! Wenigstens davon musste sie doch aber was gemerkt haben.

Vielleicht sollte sie später mal diesen Jim anrufen und fragen, was in dieser Nacht so gelaufen war.

Oder war das zu blöd?

Jim hatte sich ja mit dem Zettel für die tolle Nacht bedankt. Es wäre nur schöner gewesen, wenn sie sich auch daran erinnern könnte!

Totaler Filmriss! Wann war ihr dies das letzte Mal passiert? Es musste Jahre her sein. Das war, bevor sie zur notorischen Partygängerin geworden war.

Der Föhn hatte seine Aufgabe erledigt und Lissy ging nach nebenan.

Auf dem Rückweg zum Bett sammelte sie ihre Sachen auf. Einzig der Slip war nicht auffindbar. Hatte sich Jim ein Souvenir mitgenommen? Es schien so zu sein, denn alles danach suchen brachte kein Ergebnis.

Sie zog sich an, warf noch einen letzten Blick im Zimmer umher, steckte Jims Zettel in die Handtasche und verließ den Raum.

Im besten Falle hatte ihr mysteriöser Kavalier sogar noch die Zimmerrechnung übernommen, aber die Frau an der Rezeption präsentierte ihr einfach nur wortlos die Rechnung.

Der Betrag war vierstellig geworden, aber Lissy zahlte, ohne mit der Wimper zu zucken.

Wenig später war sie auf der Straße, zog den Mantel enger um ihre Schultern und stapfte durch den Schnee. Sie hätte sich ein Taxi nehmen können, aber die kalte Winterluft war jetzt genau das, was ihr den noch immer umnebelten Verstand ein wenig klarer machen konnte.

Die Buden des Weihnachtsmarktes waren noch geschlossen, aber sie schlenderte trotzdem über den Platz, doch auch dieser letzte Versuch brachte keine neuen Erkenntnisse in ihren Kopf.

Es war nicht weit von hier bis zum Hotel. Nur der Park lag noch dazwischen und gerade dankte sie ihrem unbekannten Begleiter, dass er sie nicht dort auf einer der Bänke genommen und danach liegengelassen hatte.

Die Kälte der frostigen Nacht hätte sie dann womöglich nicht überlebt.

Momentan drang dieser Frost durch den Mantel und zog unter dem Rock an den Beinen nach oben.

Schneller ging sie den wohlbekannten Weg zu ihrer Wohnung, die sich im Penthaus im obersten Stock des Hauses am Rande der Innenstadt befand.

Der Concierge würde ihr sicher ein Frühstück bereiten können und eine Kopfschmerztablette hatte Giovanni sicherlich auch noch für sie.

2. Kapitel

Eine neue Erkenntnis

Schlendernd bewegte sich Britta durch den kleinen Stadtpark. Nur hier hatte sich der weiße Schnee des ersten Advents noch gehalten. Überall sonst hatte er bereits eine schmutzig graue Farbe angenommen.

Ihre kleinen schwarzen Knöchelstiefel hinterließen ihre Spuren, als sie den Weg abkürzen wollte und für ein paar Schritte durch den tieferen Schnee eilte.

Es war Dienstag, sie hatte ihren freien Tag und der zweite Advent mit seinem stressigen verkaufsoffenen Sonntag lag mittlerweile auch schon hinter ihr.

Sie hatte gute Laune, weil sie noch einen Termin bei ihrer Friseuse bekommen hatte. So kurz vor dem Fest glich das beinahe einem Lottogewinn, aber vor dem Weihnachtsfest, dass sie abermals mit ihren Eltern verleben würde, musste sie sich unbedingt noch die Haare machen lassen.

Eigentlich wollte sie nicht zu ihrer Mutter, denn sie wusste bereits jetzt, dass es wieder nur Vorwürfe geben würde.

Jedes Mal war es bisher dasselbe.

Es würde damit beginnen, dass sie als ausgebildete Goldschmiedemeisterin nur als Verkäuferin in einem Schmuckladen tätig war, würde danach dazu weiterführen, dass sie noch immer nicht verheiratet war, was folglich in die Vorhaltung münden würde, dass sie der Mutter noch keinen Enkel geschenkt hatte.

Am liebsten würde sie mit ihrer Freundin Lissy feiern, aber das konnte sie dem Vater nicht antun.

Vor knapp einem Jahr hatte sie die Freundin kennengelernt und seitdem waren sie sehr oft zusammen ausgegangen.

Lissy hatte keine Mutter mehr und daher wohl auch keine dieser lästigen Ermahnungen zu erdulden!

Am letzten Sonntag war Lissy sogar das erste Mal bei ihr in der Wohnung gewesen und sie hatten zusammen Kaffee getrunken.

Jetzt hatte sie den Laden erreicht, schob die Tür auf und trat in den mollig warmen Raum ein.

„Hallo Britta. Du musst dich noch einen Augenblick gedulden! Gleich habe ich Zeit für dich!", begrüßte sie ihre Friseuse Carola.

„Kein Problem, schön, dass du mich noch drangenommen hast!", entgegnete sie.

Beide nickten sich zu, Britta hängte ihren Mantel an die Garderobe und setzte sich in einen der Sessel im Wartebereich.

„Möchten sie eine Tasse Kaffee?", fragte eine von Carolas Praktikantinnen und Britta nahm das Angebot gern an.

Wenig später hatte sie ihren Kaffee vor sich stehen, wärmte sich daran die kalten Hände und sah zu, wie Carola einer etwas älteren Frau die Haare in die Lockenwickler drehte und sich dabei angeregt mit ihr unterhielt.

Es ging um irgendwelchen Klatsch aus dem Adel, Britta hörte einfach nicht hin und wandte ihr Gesicht zur Seite.

Mit dem Blick durch das große Fenster auf die Straße hinaus seufzte sie, denn ihr gegenüber hing momentan die Werbung für Babynahrung und dieses bunte Plakat mit dem lächelnden Säugling schien ihr wie ein Fingerzeig auf das zu sein, was ihr zum Weihnachtsfest mal wieder bevorstand.

Erst vor ein paar Wochen war sie dreiundzwanzig geworden und die Mutter hatte ihr beim Gratulieren ziemlich unverblümt mitgeteilt, dass sie in ihrem Alter schon lange Mama gewesen war.

Was konnte sie denn dafür, dass die mit achtzehn geheiratet hatte und fast sofort mit ihr schwanger geworden war?

Damals waren es noch andere Zeiten gewesen!

Heutzutage heiratete man nicht so schnell! Und für ein Kind war auch noch viel Zeit!

„Britta! Jetzt kannst du!", rief Carola und riss sie damit aus den unnützen Grübeleien heraus.

Die Praktikantin holte die leere Tasse und unmittelbar darauf lag Britta in dem Stuhl und Carola wusch ihr die langen braunen Haare, die ihr ganzer Stolz waren. Deswegen ließ sie sich normalerweise auch nur die Spitzen schneiden, aber die Mutter mochte sie lieber gelockt und darum unterzog sie sich hier gerade dieser in ihren Augen unnötigen Prozedur.

Sie trug ihre Mähne lieber als Pferdeschwanz zusammengebunden, aber in der Form würde noch ein weiterer Vorwurf bei der Feier dazukommen.

„Kind! Wie siehst du denn aus? So findest du nie einen Mann!", hörte sie die Mutter schon rufen.

Selbst die Ausbildung zur Goldschmiedemeisterin war bei der Mutter nur dadurch wohlwollend aufgenommen worden, weil Britta ihr einen exklusiven Ring entworfen hatte, den sie danach voller Stolz allen ihren Freundinnen gezeigt hatte.

Schon immer war Britta mehr handwerklich orientiert gewesen und hatte zum Glück mit dem Vater einen Fürsprecher gehabt. Wenn es nach der Mutter gegangen wäre, dann hätte sie eine Lehre als Bankkauffrau gemacht.

Nach ein paar Minuten saß sie unter der Trockenhaube an der Wand neben der älteren Frau, die in einem dieser Revolverblätter schmökerte.

18

Bilder von Schauspielern, Adelsgeschichten und allerlei unwahre Sensationsstorys waren darin. Vermutlich entsprachen nicht mal 10 % davon der Wahrheit und auch die Fotos sahen mehr als montiert aus.

„Die Gräfin hier kann sich noch nicht mal Unterwäsche leisten! Es ist eine Schande! Früher hätte es so etwas nicht gegeben!", bemerkte die Frau hörbar entrüstet und hielt ihr das Schmierblatt hin.

Nur widerwillig und mehr aus Höflichkeit blickte Britta in die Zeitung.

Auf einem Foto war zu sehen, wie eine junge Frau sich über ein Gebüsch beugte, das Kleid war ihr hinten nach oben gerutscht und sie trug keinen Slip darunter.

Britta wollte sich angeekelt davon abwenden, als sie das Bild daneben sah und stutzte.

„Darf ich mal?", fragte sie, griff nach der Zeitung und zog diese zu sich heran.

Diese Frau kam ihr irgendwie bekannt vor.

„*Gräfin von Wolfenfels. Geld wie Heu, aber keine Unterwäsche!*", stand als Überschrift in dicken roten Buchstaben über dem Artikel.

„*Die Schwester der zukünftigen Königin von Mafakonien, Elisabeth Amalia, Gräfin von Wolfenfels, hat zwar Geld, um sich über die Gebühr zu betrinken, aber für Unterwäsche reicht es dann nicht mehr!*", las Britta die ersten Zeilen des Berichtes.

Darunter befanden sich noch einige Bilder und die Frau darauf war eindeutig ihre Freundin Lissy. Das musste eine Verwechslung sein.

Lissy hieß doch nur Wolf mit Nachnamen, aber die Bilder waren eindeutig echt. Zu echt, für ihren Geschmack!

Britta sah, wie Lissy in den Park pinkelte, wie sie sich in ein Gesträuch übergab und auf einem Bild war ihr nackter Hintern zu sehen.

Das Foto daneben war extra vergrößert und ohne den schwarzen Jugendschutzbalken hätte man sicherlich tief in ihre Muschi blicken können.

„Ach du Scheiße!", entfuhr es ihr und sie sprang vom Stuhl auf.

Ziemlich schmerzhaft kollidierte dabei ihr Kopf mit der Trockenhaube und die Beule davon würde vermutlich noch Weihnachten zu sehen sein.

„Ich muss los!", stieß sie aus und hielt sich den Kopf.

„Und meine Lockenwickler?", fragte Carola, während Britta schon zu ihrem Mantel eilte.

„Die bringe ich dir dann noch zurück!", rief sie und rannte mit wehendem Mantel aus dem Geschäft.

Mit der Zeitung in der Hand hetzte sie die Straße entlang zu dem Haus, in dessen oberstem Geschoss sich Lissys Wohnung befand.

Giovanni, der livrierte Concierge, kannte sie schon und ließ sie mit einer freundlichen Begrüßung zum Fahrstuhl durch.

Schnell war der Knopf gedrückt, die Türen schlossen sich und der Lift setzte sich lautlos in Bewegung.

In der Kabine schlug Britta die Zeitung noch einmal auf, doch das war eindeutig Lissy.

Oder hatte sie eine Doppelgängerin?

Das Kleid war jedenfalls ihres! Und der Mantel, der auf einem der Bilder am Boden lag, der gehörte ebenfalls der Freundin! Sie hatte ihn am letzten Sonntag bei ihrem Besuch getragen!

3. Kapitel

Schreck am Morgen

*E*in stürmisches Klingeln riss Lissy aus ihrem Schlaf. Mit einem Blick auf den Wecker stellte sie fest, dass es gerade mal kurz vor zehn Uhr war und sie damit noch nicht mal fünf Stunden im Bett lag!

Wer störte sie denn hier zu so früher Stunde? Eigentlich hätte Giovanni doch jeden Besucher von ihr fernhalten müssen!

Dafür hatte sie sich doch extra so ein exklusives Haus mit Concierge gesucht!

Lissy zog sich das Kissen über den Kopf, aber das langanhaltende Klingeln war auch weiterhin zu hören.

Ignorieren oder aussitzen würde da nicht helfen und wach war sie ja jetzt sowieso.

„Wenn das jetzt nicht wirklich wichtig ist, dann Gnade dir Gott!", fluchte sie, schleuderte das Kissen wütend davon, stand auf und zog sich den Morgenmantel über.

Gereizt lief sie zur Wohnungstür und riss diese auf.

„Was?", brüllte sie in den Flur und sah, wie Britta vor ihr regelrecht zusammenzuckte.

„Sage mal, weißt du, wie spät es ist?", fragte sie etwas weniger zornig und gab den Eingang für die Freundin frei.

Britta eilte an ihr vorbei und entgegnete dabei laut: „Das musst du gesehen haben!"

Sie folgte ihr, einen Augenblick später saßen sie auf der Couch und Britta knallte ihr so ein widerliches Boulevardblatt auf den Tisch.

„Wegen solch einem Dreck weckst du mich?", entfuhr es Lissy, als Britta die Zeitung aufschlug und auf ein Bild zeigte.

„Das bist du doch? Oder?", fragte die Freundin.

Lissy blieb die Erwiderung im Halse stecken, sie zog das Blatt zu sich und schaute sich die Abbildungen an.

„So ein verdammter Mist!", entfuhr es ihr entsetzt.

Nach der Kleidung, die sie auf den Abbildungen trug, war es jener Abend, von dem ihr immer noch der größte Teil fehlte. Diese zehn Bilder hier gaben ihr ein Stück der Erinnerung daran zurück, aber nur dem Foto nach.

Von der Realität fehlten ihr immer noch sämtliche Details dieser Nacht.

„Die haben dich mit einer Gräfin verwechselt!", bemerkte Britta und deutete auf die Überschrift.

„Ähm, nicht wirklich", seufzte Lissy.

„Aber da steht: Elisabeth Amalia, Gräfin von Wolfenfels! Dein Name ist doch Lissy Wolf. Oder?", entgegnete Britta neugierig.

„Beides ist richtig!", erklärte Lissy und holte für eine Erklärung Luft.

„Mein richtiger Name ist wirklich Elisabeth Amalia, Gräfin von Wolfenfels. Lissy Wolf habe ich mir als Pseudonym zugelegt und auch in meinen Ausweis eintragen lassen. Ich wollte einfach meine Ruhe haben, aber anscheinend hat mich jetzt so ein Reporter von diesem Schmierblatt aufgespürt und diese scheußlichen Bilder gemacht!"

„Du bist eine richtige Gräfin?", fragte Britta nach.

„Ja! Und meine Schwester Franziska wird demnächst Königin in so einem winzigen Land werden, das kaum einer kennt! Außer wohl dieser Klatschreporter, der mich offenbar erkannt hat!", stöhnte Lissy und zog ein Porträt aus der Schublade einer kleinen Kommode.

Sie reichte Britta die Aufnahme, die sie zusammen mit ihrer älteren Schwester zeigte.

„Die Ähnlichkeit ist frappierend! Bis auf die Haarfarbe!", gab ihr die Freundin zurück.

„Ich bin extra in diese Kleinstadt gezogen, damit ich vor diesen Schmeißfliegen meine Ruhe habe!", erklärte Lissy, lehnte sich zurück und starrte zur Zimmerdecke hinauf.

In ihren Gedanken überschlug sie gerade, wer diese Zeitung wohl gesehen hatte und daraus seine Schlussfolgerungen zog.

Das Resultat ihrer Überlegungen war verheerend!

„Weiß das Königshaus von Mafakonien eigentlich, was ihre zukünftige Verwandtschaft in der Nacht so treibt?", las Britta den letzten Satz des Artikels laut vor.

Irgendwer würde es lesen und damit war der Anruf ihrer Familie eigentlich jetzt schon vorprogrammiert!

„Kann man diesen Fotografen nicht einfach verklagen? Schließlich hat er doch deine Persönlichkeitsrechte missachtet?", erkundigte sich Britta.

„Leider nein! Als prominente Person der Öffentlichkeit ist das ziemlich schwierig. Da gibst du einen Teil deiner Persönlichkeit an die Presse ab! Deswegen lebe ich ja hier und nicht in einer der großen Städte! Ich hätte nicht gedacht, dass mich hier einer findet!", erwiderte Lissy und blickte ihre Freundin an.

„Du hast ja noch die Lockenwickler drin!", stellte sie jetzt fest.

Britta fasste sich an den Kopf.

„Und eine ziemliche Schmarre hast du da auch noch!", setzte Lissy hinzu, als Britta sich in die Haare griff und dabei eine kleine Wunde freilegte.

„Ich habe noch irgendwo ein Heftpflaster. Komm mal mit ins Bad!", erzählte Lissy weiter und erhob sich.

Zusammen betraten sie das Badezimmer, Lissy suchte den Verbandskasten, den Giovanni gut bestückt hatte, und wenig später hatte Britta ein Pflaster auf der Schramme und die Lockenwickler lagen vor ihr auf dem Waschtisch.

„Ich danke dir. Und man kann diesen Jim Hudson wirklich nicht verklagen?", erkundigte die Freundin sich daraufhin weiter.

Lissy zuckte bei der Nennung des Namens zusammen.

„Wen?", stieß sie entsetzt aus.

„Na, Jim Hudson, den Fotografen, der diese Bilder gemacht hat?"

Lissy rannte in das Wohnzimmer zurück, riss die Zeitung an sich und las den Namen des Fotoreporters unter den Bildern.

„So eine elende Scheiße!", brach es laut aus ihr hervor.

Sie drehte sich zum Bad zurück und schaute in die fragenden Augen der Freundin.

„Ich war mit dem in jener Nacht auch noch in der Kiste!", seufzte Lissy.

Eine Woche zuvor hatte sie versucht, bei ihm anzurufen, aber nur die Mailbox am Telefon gehabt, daher kannte sie den vollständigen Namen des Mannes.

„Wenn du mit dem in der Kiste warst", begann Britta von der Badtür aus.

Lissy lief es siedend heiß über den Rücken. Sie war nackt im Bett aufgewacht. Was hatte Jim wohl noch für Fotos von ihr gemacht?

„Und du weißt wirklich nichts mehr von dieser Nacht?", fragte Britta nach und trat zu ihr.

Lissy schüttelte nur den Kopf und ließ sich auf das Sofa fallen.

Sie sah vor sich schon die folgenden Schlagzeilen und die Bilder, die Jim von ihr gemacht haben konnte: nackt im Bett! Die würden dann im Internet oder in einschlägigen Illustrierten auftauchen!

Lissy zog das Handy zu sich und wählte mit zitternden Fingern Jims Nummer.

Dieses Mal kam sofort die Ansage: „Die von ihnen gewählte Nummer ist nicht vergeben!"

Wütend schleuderte sie das Telefon auf den ihr gegenüber stehenden Sessel.

„Wenn mein Vater das liest, dann bin ich geliefert!", stöhnte Lissy und malte sich schon aus, was als Strafe kommen würde.

Ihre Familie war stocksteif! Jahrhunderte alter Adel! Ein Ausbrechen aus der Tradition war unmöglich und sie war sowieso schon immer das schwarze Schaf gewesen.

Nach diesem Artikel würde man ihr das Fell über die Ohren ziehen!

„Sage mal", begann Britta und trat zu ihr.

Fragend blickte Lissy die Freundin an.

„Kann es sein, dass dieser Jim dir K.-o.-Tropfen gegeben hat, um deine hilflose Lage auszunutzen?"

„Möglich. Wieso?", entgegnete Lissy.

„Na, dann wären diese Bilder eine Straftat und du wärst aus dem Schneider", antwortete die Freundin.

„Nur leider lässt sich das nach fast anderthalb Wochen nicht mehr nachweisen!", stöhnte Lissy.

Die Annahme der Freundin schien einen wahren Kern zu haben und mit einem Test, ein paar Tage zuvor, hätte sie ihre Unschuld an diesen Bildern sicherlich leicht beweisen können, aber so?

Niedergeschlagen stützte sie ihren Kopf in die Hände und versuchte verzweifelt eine Antwort zu finden, die auch ihren Vater zufriedenstellen konnte.

Sie sah das Unheil schon in Riesenschritten auf sich zukommen.

4. Kapitel

Die Leiden der Gräfin von W.

*L*issy saß nur ein paar Schritte vor ihr und war ein Häuflein Unglück. Die sonst so lebenslustige und selbstbewusste Frau bot einen erbärmlichen Anblick, aber das war wohl auch natürlich, wenn man an die Tragweite dessen dachte, was ihr widerfahren war.

„Ich bin am Ende!", seufzte Lissy und schaute hilflos zu ihr herüber.

Dieser Blick schrie nach einer freundschaftlichen Umarmung. Mit zwei Schritten war Britta bei ihr, kniete sich vor den Stuhl und umschlang die Freundin mit beiden Armen.

Sie spürte, wie die ersten Tränen aus Lissys Augen schossen und ein regelrechter Heulkrampf sie durchschüttelte.

„Wer weiß, was der alles auf seinem Film hat", schluchzte Lissy.

Das war wohl ziemlich naheliegend, wenn man schon alleine die Fotos sah, die er offenbar der Zeitung verkauft hatte. Man mochte sich gar nicht vorstellen, was er noch so alles von der hilflosen Frau auf seiner Kamera festgehalten hatte.

Das Handy begann mit einem Heulton zu klingeln und Lissy zuckte zurück.

Entgeistert starrte sie das Telefon an, aber sie rührte sich nicht.

„Das ist mein Vater!", stellte sie beinahe unhörbar fest.

Der Klingelton verstummte nicht. Immer wieder war dieser unbeschreibliche Lärm zu hören.

Nach zehn Klingeltönen schwieg dann endlich das Handy, aber es war abzusehen, dass Lissys Vater nicht von seiner Absicht ablassen würde, die Tochter zu erreichen.

Und wirklich begann das Gedröhn erneut, kaum dass es verstummt war.

Dasselbe setzte sich noch dreimal fort, doch ignorieren würde Lissy diese Situation nicht können.

Britta stellte sich gerade vor, es hätte sie selbst in dieser Art erwischt. Die Gänsehaut auf ihrem Rücken war schon alleine bei dem Gedanken daran ziemlich heftig.

Nie im Leben hätte sie sich nach solch einem Bild noch bei der Mutter sehen lassen brauchen!

Wie mochte es da erst Lissy gehen?

Britta holte das immer noch jaulende Telefon und hielt es wortlos der Freundin hin.

Lissys verzweifelten Blick konnte sie natürlich verstehen, aber die Freundin musste an ihr Mobiltelefon gehen, bevor ihr Vater hier auftauchen würde, um sie persönlich zur Rede zu stellen.

Mit zitternden Fingern nahm Lissy das Handy entgegen und drückte auf die Taste.

Aus einem Meter Entfernung konnte Britta mitanhören, wie Lissys Vater ziemlich laut sagte: „Junges Fräulein! Was hast du dir denn dabei gedacht? Du willst deiner Schwester wohl unbedingt eins auswischen? Oder? Du hast dir in deinem Leben ja schon eine Menge dummer Dinge geleistet, aber das hier schlägt alles andere um Längen!"

Der Redefluss des Mannes war ungebrochen und offenbar erwartete er von seiner Tochter gar keine Antwort.

Sicherlich fünf Minuten lang reihte sich eine Beschimpfung an die nächste und in der ganzen Zeit gab Lissy nicht einen Ton von sich.

Die Worte des Mannes hätten in genau derselben Stimmlage und mit dem gleichen Wortlaut auch von ihrer Mutter kommen können, wenn Britta solch ein paar Bilder gehabt hätte.

Zum Abschluss sagte der Mann noch: „Ich erwarte dich hier bei deinem Großvater auf dem Schloss! Solltest du bis zum Sonntag nicht hier sein, dann war dein letzter Scheck auch wirklich dein Letzter! Verstehen wir uns da?"

Die Ruhe darauf war ungewöhnlich und mit einer piepsigen Stimme entfuhr Lissy ein: „Ja!"

Das Display erlosch, das Gerät entglitt Lissys kraftloser Hand und fiel polternd zu Boden.

„Ich bin am Ende! Zu Großvater!", entfuhr es der Freundin mit bebender Stimme.

„Wer ist dein Großvater und warum ist das für dich so schlimm?", entgegnete Britta und dachte an ihren eigenen Opa. Da war sie als Kind immer gern gewesen und sie hatte ihn geliebt.

„Gilbrecht Willibald, Graf von Wolfenfels. Gegen den ist jeder Gefängnisdirektor ein Weihnachtsmann und im Vergleich zu seinem Schloss ist jede Haftanstalt ein Mädchenpensionat!", entgegnete Lissy.

„Ich bin so was von am Arsch!", setzte sie noch hinzu und kam mühevoll auf die Füße.

„Ist das denn wirklich so schlimm?", erkundigte sich Britta.

„Ein Widerwort und er lässt mich in der Gruft einmauern!", stöhnte Lissy und machte sich schlurfend auf den Weg ins Bad.

Britta schaute der schwankenden Freundin hinterher.

Jetzt, alleine im Zimmer, hatte Britta Zeit, sich über all das gewahr zu werden, was sie gerade erst erfahren hatte.

Ihre gute Freundin Lissy hatte sie eigentlich die ganze Zeit über ihre wahre Identität belogen. Oder zumindest nicht die ganze Wahrheit gesagt.

Natürlich hätte sie stutzig werden sollen, als Lissy, oder eben Elisabeth Amalia, Gräfin von Wolfenfels, vor knapp einem Jahr in ihren

Schmuckladen gekommen war und einen Ring mit 25.000,00 € in großen Scheinen bezahlt hatte.

Wer konnte sich schon sowas leisten? Und dann auch noch mit Bargeld?

Natürlich war ihre Provision erquicklich gewesen und hatte ihr die Weihnachtsgeschenke für die Mutter mitfinanziert, aber so wirklich hatte sie bis gerade eben nicht gewusst, wer ihre Freundin wirklich war.

Nebenan begann die Dusche zu rauschen und Britta ließ sich in den Sessel fallen.

War Lissys Verwandtschaft wirklich so schlimm, wie die Freundin es behauptet hatte?

Britta zog die Zeitung zu sich und nahm das Handy. Sie tippte den Namen von Lissys Großvaters in die Suchabfrage und es dauerte einen Moment, bevor das Bild eines ziemlich streng blickenden alten Mannes auf dem Display erschien.

Schon alleine der Blick seiner Augen fuhr ihr durch Mark und Bein und dabei hatte sie von ihm nicht das Geringste zu befürchten.

„Britta?", hörte sie die Freundin von nebenan rufen.

„Ja?"

„Kannst du mir mal meine Sachen bringen?", rief Lissy aus dem Bad.

„Wo liegen die denn?", fragte sie zurück.

„Im Schlafzimmer auf dem Hocker und bestelle zweimal Frühstück bei Giovanni!", erklärte Lissy mit ziemlich fester Stimme.

Britta erhob sich von ihrem Platz und hätte beinahe: „Jawohl, Frau Gräfin!", gerufen.

War Lissy nicht vor ein paar Augenblicken als fast zerbrochener Mensch in das Bad geschlurft? Ihre Stimme war jedenfalls momentan ziemlich fest und fast herrisch gewesen!

Britta zog das Handy zu sich, und tippte die Nummer des Concierge ein.

Schnell bestellte sie zweimal Frühstück und eilte danach in das Schlafzimmer.

Auf dem Hocker lagen fein säuberlich sortiert und auf Kante ausgerichtet die Sachen, die Lissy heute anziehen wollte.

Offenbar von einer Haushaltshilfe, am Abend zuvor, für sie bereitgelegt.

Mit den Sachen im Arm machte sie sich auf den Weg ins Badezimmer.

Lissy stand nackt vor dem Spiegel und trocknete sich gerade ab.

„Muss ich jetzt eigentlich einen Hofknicks machen und »Frau Gräfin« zu dir sagen?", fragte sie.

„Besser wäre das!", entgegnete Lissy ernst, aber der spöttische Zug um ihre Augen strafte ihre Worte lügen und entlarvte den Scherz.

5. Kapitel

Adelsblut

&ine Art von Fatalismus hatte sich ihrer bemächtigt. Lissy stand im Bad vor dem großen Spiegel und trocknete sich ab. Selbstverständlich sah sie den Zweifel in Brittas Augen, aber was sollte sie sagen?

„Du steckst das ziemlich locker weg!", bemerkte die Freundin.

Für Britta musste das eventuell wohl so aussehen. Es war noch keine viertel Stunde her, dass sie als völlig zerstörte Frau ins Bad geschlichen war und jetzt erkannte sie, dass sie Britta wohl ihren Sinneswandel erläutern musste.

Daher setzte Lissy zu einer Erklärung an: „Weißt du, Britta, ich möchte jetzt nicht in Jims Schuhen stecken!"

„Wieso denn das auf einmal!"

„Ich glaube mal, Jim ist jetzt schon auf der Abschussliste meines Großvaters! Sollte er auch nur eines der anderen Bilder irgendwo zeigen, so würde er sicherlich einen bedauernswerten Unfall haben. Vielleicht ist er auch auf der Flucht. Möglicherweise ist das auch der Grund, weswegen ich ihn gerade nicht mehr erreicht habe!", erzählte sie.

„Glaubst du wirklich?", entgegnete Britta.

„Es würde mich nicht wundern, wenn ich selbst da in seinem Schloss verschwinde. Ich glaube, mein Großvater hat für die Bösewichte im James Bond Pate gestanden! In früheren Zeiten sind immer mal wieder Mitglieder unserer Familie verschwunden. Ins Ausland gegangen, zur Armée oder ins Kloster, aber es würde mich nicht überraschen, wenn einige davon irgendwo im Keller der Burg eingemauert worden sind!", entgegnete sie der Freundin.

„Oh Gott!", rief Britta sichtbar entsetzt aus.

„Wenn man früher ins Schloss derer zu Wolfenfels gebeten wurde, dann verhieß das selten etwas Gutes!"

„Du verkohlst mich doch? Oder?", fragte Britta zweifelnd nach.

„Dieser Kasten ist wirklich schauerlich! Die Burg ist über sechshundert Jahre alt und ich glaube, seit mindestens der Hälfte davon wurde da nichts mehr gemacht. Außer ein paar Mauern im Keller neu verputzt!"

Britta riss vor Schreck die Augen ganz weit auf.

Jetzt musste Lissy ihr lächelnd zuzwinkern.

„Ich hätte dir das fast geglaubt!", stieß die Freundin aus und stemmte die Hände demonstrativ in die Hüften.

„Früher war das wirklich so, aber ich habe dennoch so ein flaues Gefühl in meinem Bauch!

Es ist der demonstrativ schlechteste Zeitpunkt für einen Skandal!", erklärte Lissy und seufzte.

„Wegen deiner Schwester?", erwiderte Britta.

„Ja! Bei der Hochzeit und Krönung darf nichts schiefgehen! Schließlich heiratet Franziska in eines der ältesten Königshäuser Europas ein!", erklärte sie und warf das Handtuch zur Seite.

„Du bist wirklich wunderschön! Da hat doch sicher ein Schönheitschirurg seine Hände im Spiel gehabt!", entgegnete Britta.

Lissy blickte an sich herab. Es könnte so den Anschein haben, aber es waren wohl bloß die alten Gene und das blaue Blut einer jahrhundertealten Adelslinie.

„Noch habe ich das nicht nötig!", antwortete Lissy und nahm ihre Sachen entgegen.

Draußen klingelte es.

„Das ist sicher Giovanni mit dem Frühstück. Machst du ihm bitte auf?"

„Sehr wohl, Frau Gräfin!", entgegnete Britta und machte einen Knicks, wie ihn Sissi im Film auch vor der Kaiserin gemacht hatte.

Das schelmische Grinsen der Freundin passte da allerdings nicht dazu.

Noch bevor Lissy aber etwas sagen konnte, eilte Britta hinaus.

Lissy zog sich an und folgte ihr danach.

Britta hatte den Servierwagen neben den Tisch gestellt und räumte gerade die Teller vom Wagen herüber.

„Nicht schlecht für eine angehende Kammerzofe!", witzelte Lissy weiter und half der Freundin danach mit dem Geschirr.

Kurz darauf saßen sie kauend am Tisch. Das Frühstück war wie immer eine Wucht. Woher auch immer Giovanni die Brötchen hatte, sie waren zu jeder Tages- oder Nachtzeit immer frisch gebacken.

„Und du hast wirklich noch nie was an deinem Körper machen lassen?", fragte Britta.

„Nein, aber es ist schon ein Vorteil, wenn man täglich im Fitnessstudio übt und dort auch noch einen persönlichen Trainer hat!"

„Der muss ziemlich gut sein! An dir ist nicht ein Gramm zu viel und alles sitzt da, wo es sein muss!", bemerkte Britta.

„Ja! Heute bin ich mit mir zufrieden, aber das war nicht immer so! Früher habe ich versucht, meiner Schwester nachzueifern! Allerdings war das völlig aussichtslos! Franziska war schon immer attraktiv, grazil und gertenschlank! Ich habe mich da so reingesteigert, dass ich keine Brötchen mehr sehen konnte, ohne mich sofort zu übergeben! Vielleicht habe ich daher nach meiner Therapie den größtmöglichen Abstand zu ihr eingenommen. Und natürlich habe ich diese Stadt auch gewählt, weil die Paparazzi hier nicht auf meine Spur kommen können!"

„Das ist ja jetzt vorbei!", entgegnete Britta.

Lissy seufzte und nahm sich eine Tasse Kaffee.

„Ich war wirklich gern hier", sagte sie.

„Heißt das, du kommst nicht zurück?", entfuhr es Britta.

„Keine Ahnung! Vielleicht sucht irgendein Nonnenkloster gerade nach einer Äbtissin!"

„Du und Äbtissin? Da könnte man auch einen Einbrecher zum Bankchef machen!", entgegnete Britta.

„Na höre mal! Was hast du denn für eine Meinung von mir?", erwiderte Lissy.

Wortlos hob Britta die Zeitung mit den verräterischen Bildern hoch.

„Aha! Na ok. Ach übrigens, wenn dich jemand danach fragt, ich bin Lissy Wolf, das da ist eine Verwechselung und die Bilder sind manipuliert!", gab Lissy der Freundin zu verstehen.

Britta legte die Zeitung zurück und blickte auf das Handy auf dem Tisch.

Das Bild des Großvaters war noch darauf zu sehen.

„Mir macht er Angst!", bemerkte Lissy und hob ihr Telefon an.

„Ich habe mich in seiner Nähe nie wirklich wohlgefühlt! Als Kind war ich ab und zu mit meiner Mutter dort und ich hatte jedes Mal diese unbändige Angst vor ihm! Und jetzt muss ich da vor ihm knien und um Gnade betteln!", begründete Lissy ihre Furcht.

„Wird das wirklich so furchtbar?"

„Falls wir uns nicht wiedersehen, so war es schön, dich kennengelernt zu haben!", seufzte Lissy und blickte in ihren Kaffee.

„So schlimm wird es schon nicht werden!", versuchte Britta sie zu trösten.

„Du hast doch meinen Vater gehört. Oder? Der will mir den Geldhahn zudrehen und ich kann nichts! Ich habe eigentlich nichts gelernt! Ich habe zwar in einer Privatschule alles gebüffelt, was man auch im Abitur beigebracht bekommt, aber ich habe keinen Beruf! Nichts, womit man auch nur einen einzigen Euro verdienen kann!", stöhnte Lissy auf.

„Im Notfall könntest du bei mir wohnen", erklärte Britta.

„Deinen Vorschlag in allen Ehren, aber ich habe deine Wohnung gesehen! Ich will dich nicht beleidigen, aber ich kenne mich. Wir beide in deinen winzigen anderthalb Räumen? Da würden wir uns nach einer Woche an die Kehle gehen. Vertraue mir!", erklärte Lissy resigniert.

6. Kapitel

Von Oben betrachtet!

Über ihren Tassenrand hinweg blickte Britta Lissy an. Eigentlich hätte sie über die Äußerung der Freundin beleidigt sein müssen, aber irgendwie konnte sie Lissy auch verstehen.

Hier in dieser Wohnung hatte sie eine Haushälterin und einen Concierge.

Ohne die beiden wäre Frau Gräfin sicherlich aufgeschmissen. Zumindest deutete Britta ihre Ausführungen so.

„Ich würde dich dennoch ungern als Freundin verlieren", sagte Britta schließlich und stellte die Tasse zurück.

Lissy erhob sich und trat an das Fenster. Es war das höchste Haus der Stadt und damit lagen alle anderen Dächer unter ihr, der Frau Gräfin praktisch zu Füßen!

„Ich kann sogar dieses verdammte Hotel von hier aus sehen", bemerkte die Freundin.

„Das Hotel kann nichts dafür, es war dein Fehler!", entgegnete Britta und schämte sich sogleich für die Bemerkung.

Sie räusperte sich und setzte hinzu: „Nein, dieser Jim hat daran die Schuld!"

„Ich wünschte, ich hätte diesen Drecksack nie getroffen!", stöhnte Lissy.

„Es war sicher Absicht! Der wollte dich in eine kompromittierende Situation bringen!"

„Und das hat er auch geschafft! Der Beweis ist da auf diesen Bildern!", erklärte Lissy und zeigte auf die Zeitung, ohne sich vom Fenster zu ihr zurückzudrehen.

„Was mache ich bloß?", klagte sie.

„Am Wochenende deine Familie besuchen!", gab ihr Britta zurück.

Lissys Blick daraufhin, über ihre Schulter zurück, war ziemlich böse.

„Ich meine ja nur", wich Britta ihr aus.

„Ich sollte mich wirklich dem Ganzen stellen!", erklärte Lissy und dreht sich wieder zurück zum Fenster. „Oder gleich hier runterspringen!", setzte die Freundin noch hinzu.

Es klang ziemlich ernst und darum trat Britta schnell zu ihr.

„Weißt du, eine meiner Vorfahrinnen ist vom Turm unserer Burg gesprungen. Giseldis hieß sie und es muss jetzt sechshundert Jahre her sein. Gerade kann ich mich gut in sie hineinversetzen!", äußerte Lissy ziemlich bitter und drehte sich vom Fenster fort.

„Was hatte sie verbrochen, um den Tod zu wählen?"

„Sie hatte sich in den falschen Mann verliebt", entgegnete Lissy und setzte hinzu: „Damals gab es noch keine Fotoapparate!"

Stöhnend ließ sich Lissy auf das Sofa fallen.

„Also gut! Ich werde morgen fahren und sehen, was wird. Könntest du mich eventuell dorthin begleiten?", fragte sie.

„Ich habe doch aber meine Arbeit! Die Zeit vor Weihnachten ist die beste im ganzen Jahr für Schmuckläden. Gefolgt vom Valentinstag!", antwortete Britta und setzte sich zu ihrer Freundin.

„Ich würde mich irgendwie besser fühlen, wenn ich wüsste, dass du in der Nähe bist und nicht über sechshundert Kilometer entfernt!", erwiderte Lissy und der Gesichtsausdruck der Freundin würde genügen, um einen Stein zu erweichen.

„Aber meine Weihnachtsgratifikation hängt da dran und meine Provision auch", versuchte Britta zu entgegnen, obwohl sie sich eigentlich schon dazu entschlossen hatte, Lissy zu begleiten.

„Noch habe ich Geld und werde dir natürlich den Verdienstausfall ersetzen", antwortete Lissy schnell und ihre Augen strahlten, als Britta zustimmend nickte.

„Was verdienst du so im Weihnachtsgeschäft?", fragte Lissy und zog ihr Scheckheft.

Britta nannte ihr eine vorsichtige und sehr niedrig gegriffene Summe.

Lissy ließ ihren Stift über das Papier wandern, zog den Scheck aus dem Heft und drückte ihr diesen in die Hand.

„Du hast dich verschrieben", entgegnete Britta und schob die Zahlungsanweisung zurück.

„Nein!", erklärte Lissy und verstaute den Stift in ihrer Tasche.

„Aber da ist eine Null zu viel dran!", beharrte Britta auf ihrer Meinung.

„Das ist schon so in Ordnung. Dahin, wo ich jetzt gehen muss, kann ich es sowieso nicht mitnehmen", entgegnete Lissy mit schauerlicher Stimme, aber das Schmunzeln entlarvte ihre Worte als Scherz.

„Du solltest ihn aber heute noch einlösen. Kann sein, dass mir mein Vater das Konto sperrt!", erzählte Lissy noch.

„Dann werde ich eilen", erwiderte sie spöttisch, blieb aber in ihrem Sessel sitzen. „Gehst du heute Abend wieder aus?", fragte Britta die Freundin noch.

„Ich werde mich in meiner Burg einigeln! Nach diesen Bildern will ich mich erst mal eine Weile nicht mehr draußen blicken lassen", entgegnete Lissy.

„Ich mache es wie Giseldis und bleibe in meinem Turm!", seufzte sie noch, erhob sich und trat wieder an das Fenster.

Gerade wollte Britta die Freundin nicht alleine in dem Zimmer lassen, denn Lissys Gemütszustand war offensichtlich gerade ziemlich fragil.

„Wo liegt eigentlich diese finstere Burg deiner Ahnen?", erkundigte sich Britta bei ihrer Freundin, um etwas Zeit zu gewinnen.

Vielleicht war der Ort ja wenigstens schön, damit sich der Urlaub lohnen würde und mit etwas Glück blieb ihr dann vielleicht auch das Weihnachtsfest bei der Mutter erspart.

Lissy nannte den Namen der Stadt und Britta tippte diesen sogleich in die Suchabfrage des Handys.

„Irgendwo in Bayern. Keine dreitausend Einwohner und die beiden größten Events im Jahr sind der Tanz in den Mai und das Weihnachtsfest der freiwilligen Feuerwehr! Wenn mich mein Großvater nicht tötet, dann wird es sicherlich die Langeweile in diesem Kaff tun!", stöhnte Lissy auf, bevor die Suchanfrage fast zu demselben Ergebnis kam.

„Nach der Webcam liegt da ja richtig viel Schnee!", erklärte Britta und hielt der Freundin das Telefon hin.

„Ich wollte schon immer mal Skilaufen lernen!", setzte sie noch hinzu und zog das Display wieder zu sich zurück.

„Falls mir mein Großvater nicht den Kopf abreißt, dann bringe ich es dir bei!", äußerte Lissy und blickte von ihrer Position aus in die weite Ferne.

„Bleibst du heute Nacht hier? Ich habe auch ein Gästezimmer?", fragte die Freundin jetzt über die Schulter.

„Ja, gern, aber ich muss zuvor noch einiges erledigen. Urlaub nehmen, die Lockenwickler zu

Carola bringen und die Tasche packen", antwortete Britta und erhob sich von ihrem Platz.

„Und vergiss deinen Scheck nicht einzulösen!"

„Mein Bankberater wird große Augen bekommen. So viel verdiene ich sonst im halben Jahr nicht", erwiderte Britta und blickte auf das wertvolle Stück Papier in ihrer Hand.

„Und ich kann dich wirklich alleine lassen?", fragte Britta die Freundin noch.

„Ja, mach ruhig. Ich schließe mich hier ein und warte auf dich. Was möchtest du heute Abend essen? Damit ich das bei Giovanni vorbestellen kann?", entgegnete Lissy.

„Italienisch wäre nicht schlecht", antwortete sie.

„Con il massimo piacere, Signorina", antwortete Lissy mit einer gespielten Verbeugung.

Offenbar besserte sich Lissys Gemütszustand gerade etwas.

Allerdings lag die Zeitung mit den blöden Bildern immer noch aufgeschlagen auf dem Tisch.

„Die muss ich Carola auch noch zurückbringen!", bemerkte Britta.

„Mir wäre es lieber, du verbrennst das dumme Ding!", stöhnte Lissy.

„Mache ich", entgegnete Britta und verabschiedete sich mit einer Umarmung.

7. Kapitel

An dunklen Tagen

Stundenlang saß Lissy jetzt schon an dem Tisch und grübelte nach. Sie stellte sich ihre ganze Verwandtschaft gerade bildlich vor. Das waren alles verstaubte und stocksteife Existenzen und sie schüttelte den Kopf in der Realisierung dessen, dass sie mal der Schwester nachgeeifert hatte.

Nie im Leben wollte sie gerade so sein, wie Franziska, aber nach Meinung der Familie hatte es die Schwester jetzt wohl geschafft und beim nächsten Besuch würde Lissy einen tiefen Knicks machen und »Königliche Hoheit« zu Franziska sagen müssen.

Wollte sie das wirklich?

Zumindest war jetzt schon mal klar, dass sie wohl unter keinerlei wie auch immer gearteten Umständen eine Einladung zur Vermählung und Krönung der Schwester erhalten würde.

Lissy setzte sich zurück und zog sich das Bild des Großvaters vom Tisch. Sie betrachtete das Foto und erschauderte dabei regelrecht. Seine Augen waren kalt!

Einzig und alleine vor ihm hatte sie Bammel!

Doch was konnte er ihr eigentlich tun? Die mehr als großzügigen Zuwendungen streichen! Ja, aber sonst?

Sie blickte sich in ihrem kleinen Reich um. Noch nie hatte sie Geldsorgen gehabt. Das Apartment hier kostete im Monat mehr, als ihre Freundin Britta im viertel Jahr verdiente!

Beim Gedanken an die Freundin fiel ihr ein, dass sie auch noch das Abendessen bei Giovanni bestellen musste.

Geschwind war die Nummer gewählt und der Auftrag abgegeben.

Auch das war etwas, was der pure Luxus war, wenn man es von Brittas Seite aus sehen würde.

Bisher hatte sie sich nie Gedanken ums Geld gemacht, diese verdammten Bilder und die Drohung des Vaters hatten da im Augenblick für ein Umdenken gesorgt.

Und wenn man es richtig nahm, so war auch gar nicht das Geld ihr größtes Problem, sondern diese verfluchten Fotos, denn die würden für immer irgendwo sein!

Das war unumkehrbar!

Erneut fiel ihr ihre Ahnherrin Giseldis ein, denn auch diese Frau hatte Schande über die Familie gebracht und es auf die einzige Art gelöst, die ihr damals möglich gewesen war.

Und sie?

Ein Sprung in die Tiefe und Ende?

Allerdings wäre das nicht die Lösung der Angelegenheit, denn die Fotografien würde es auch danach noch geben!

Und die würden auch mit sehr viel Geld nicht mehr aus der Welt geschafft werden können. Die Zeitung war ja bereits gedruckt!

Würde das mit der Zeit in Vergessenheit geraten? Das war wohl eine illusorische Vorstellung, denn das Internet vergaß nie etwas!

Lissy seufzte und zog das Handy zu sich.

Sie würde für Britta und sich noch das Hotel buchen müssen, denn auch die Freundin würde wohl kaum in diesem düsteren Kasten wohnen wollen. Sie selbst gruselte sich schon alleine beim bloßen Gedanken daran, dort zu schlafen.

Einen Anruf später war das beste Zimmer der ganzen Stadt für sie beide für den Rest des Jahres reserviert und auch schon im Voraus bezahlt. Man wusste ja nie!

Jetzt wartete sie nur noch auf Britta.

Immer wieder hob sie ihren Blick zum Fenster und irgendwann war dann der Moment erreicht, zu dem sie sich am Tage zuvor noch für die Party fertiggemacht hatte.

Fehlte ihr das jetzt schon? Ein bisschen Entzugserscheinungen hatte sie bereits, zumal die Fete sie eventuell von den unnützen Gedanken ablenken konnte.

Oder war sie die ganze Zeit schon einfach nur zu diesen Veranstaltungen gegangen, um nicht nachdenken zu müssen?

Das Schlafen, der schnelle Sex mit zufälligen Bekanntschaften und diese Feiern waren bisher ihre Lebensinhalte gewesen.

Und was kam jetzt?

Für ein paar Wochen würde sie da, nach diesen Bildern, höchstens maskiert hingehen können! Und Fasching war noch so lange hin!

Vor ihrem inneren Auge sah sie jetzt alle die flüchtigen Bekannten, die sie immerfort auf den Feiern ausgehalten hatte.

Keine und keiner davon würde sie in Schutz nehmen. Alle würden nur mit dem Finger auf sie zeigen, oder hämisch hinter ihrem Rücken über sie lachen und lästern.

Und dabei konnte es doch allen genauso passieren!

Wer wusste schon, wie vielen Frauen das täglich geschah? Tausenden? Die Dunkelziffer war sicherlich um ein Vielfaches höher, denn selbst sie hätte es ja ohne die Fotos nicht gewusst.

Erneut nahm Lissy das Telefon hoch und fragte, was es mit diesen Tropfen auf sich hatte.

Viele Frauen schilderten ähnliches und erneut lief ihr eine Gänsehaut über den Rücken. Was hätte da alles geschehen können?

Falsch! Es war ihr passiert! Jemand hatte mit ihr ohne ihr Zutun und gegen ihren Willen Sex gehabt!

„Britta, wo bleibst du nur?", sagte Lissy laut vor sich hin.

Jetzt konnte sie gerade die Einsamkeit ihrer Wohnung nicht mehr ertragen, aber nach draußen wollte sie auch nicht.

Und konnte nicht!

Genervt warf sie das Telefon von sich und wickelte sich in die Sofadecke. Es war wie ein kleiner Panzer um sie herum und gerade waren wieder die Anweisungen ihrer Therapeutin in ihrem Kopf.

Konnte das auch dieses Mal helfen? Zumindest würden die Übungen sie ablenken.

Atemübungen und Yoga hatte Margot ihr damals empfohlen. Und ihr auch die Telefonnummer dagelassen. Irgendwo war die Visitenkarte noch, aber konnte Lissy so einfach nach ein paar Jahren bei ihr anrufen?

Momentan wartete sie, wie auf glühenden Kohlen darauf, dass doch Britta endlich wieder bei ihr wäre.

Und jetzt blickte Lissy abwechselnd zwischen dem Schränkchen mit der Karte und der Tür der Wohnung hin und her.

Draußen wurde es langsam dunkel!

Die Finsternis der Nacht senkte auch die Angst in ihr verletztes Herz.

„Britta! Ich brauche dich!", stieß Lissy aus, als es an der Wohnungstür klingelte.

Mit einem Satz war sie vom Sofa gesprungen und rannte zur Tür. Sie warf einen Blick auf den Videomonitor und es war Britta!

Gott sei Dank! Endlich!

Gelassen öffnete sie die Wohnungstür und sagte: „Du hast dir ja ganz schön viel Zeit gelassen!"

Britta stand mit zwei riesigen Koffern vor dem Appartement.

„Wo willst du denn damit hin?", fragte Lissy, als sie die Freundin in den Raum gelassen hatte.

Aller Zweifel war gerade fern, da sie ja momentan auch nicht mehr alleine war.

„Na zum Skilaufen! Da braucht man doch warme Sachen und auch mal was zum Wechseln!", erklärte Britta und wickelte sich aus ihrem Anorak.

„Mir reicht da immer meine Kreditkarte. Ich habe nur einen Sportwagen! Da passt das alles doch gar nicht rein!", versuchte sie möglichst cool zu antworten und dabei wäre sie Britta am liebsten gerade vor Erleichterung um den Hals gefallen!

Mit Brittas Ankunft waren die Zweifel fort und blieben hoffentlich auch dort, wo sie gerade waren!

„Die Zeitung habe ich weisungsgemäß verbrannt!", erklärte Britta beim Weghängen der
Jacke und gab ihr damit einen Stich ins Herz.

Die Erinnerung an diese unschönen Fotos hätte jetzt auch in der Versenkung bleiben können.

Eine Zeitung war verbrannt, aber tausende
andere Exemplare gab es noch.

8. Kapitel

Die Stärke einer Frau

*B*ritta bekam den Mund nicht mehr zu. Als sie Lissy gesagt hatte, dass sie etwas italienisches Essen wollte, da hatte sie an einen Abend bei Pizza und Rotwein gedacht, aber gerade brachte Giovanni den zweiten Wagen in den Raum geschoben und dabei bog sich der Tisch doch schon von all den Speisen durch.

„Was ist?", fragte Lissy.

Wortlos zeigte Britta mit der Hand auf den Tisch.

„Zu viel?", entgegnete Lissy.

„Da könnte noch eine halbe Fußballmannschaft davon satt werden!"

„Na ja, du weißt schon, dass Giovanni nicht nur dem Namen nach Italiener ist. Seiner Familie gehört ein Restaurant und da ließ sich das wohl kaum vermeiden!", offenbarte Lissy, schob dem Concierge einen größeren Schein zu und der Mann ging nach einer Verbeugung lächelnd nach draußen.

„Und die Reste lasse ich dann immer den Mitarbeitern unten", setzte sie schmunzelnd hinzu, nachdem die Tür geschlossen war.

„Was möchtest du zuerst probieren?", fragte Lissy als Nächstes.

Schnell suchte sich Britta etwas zusammen und setzte sich mit dem Teller auf das Sofa zurück.

Den ganzen Tag hatte sie noch nichts gegessen, aber das wäre selbst für einen ausgehungerten Tiger zu viel gewesen.

Nur einen Happen von jeder dieser Köstlichkeiten hatte sie gewählt und musste sich eine Stunde später dennoch den Bauch halten.

„Das Tiramisu ist wirklich köstlich!", erklärte Lissy und holte sich noch einmal Nachschlag.

Wo aß die schlanke Frau das nur alles hin?

Hatte sie nicht gesagt, dass sie eine Essstörung gehabt hatte? Wenn dem so war, dann war sie da wirklich drüber hinweg.

Mit einem köstlichen Rotwein im Glas setzte sie sich zurück und beobachtete die Freundin beim Essen.

Irgendwann konnte auch Lissy nicht mehr, Giovanni hatte die mehr als beachtlichen Reste wieder abgeholt und sie saßen mit dem wirklich exquisiten Wein nebeneinander.

War jetzt der Zeitpunkt zum Reden gekommen? Aber wie fing man das an, ohne die Wunden noch zu vergrößern?

Vielleicht sollte sie etwas zu Lissys Vergangenheit fragen? Oder zum Skifahren? Das wäre sicherlich eine Ablenkung für die Freundin.

„Und du bringst mir wirklich das Skilaufen bei? Das wollte ich schon immer mal lernen, aber hier gibt es nicht so oft Schnee", begann sie.

„Na klar, ich habe es dir doch versprochen!"

„Wo hast du es denn gelernt?", fragte Britta nach.

Lissy blickte nachdenklich in ihren Wein. „Weißt du", begann sie zögerlich und setzte nach einem Schluck fort: „Ich war elf, als meine Mutter starb. Mit meiner Schwester bin ich dann in ein Internat in der Schweiz gekommen, da lernt man automatisch das Laufen auf Ski!"

Britta schaute zu dem Bild, das Lissy auf dem Schränkchen stehen hatte.

Sie mit ihrer Schwester, Seite an Seite, aber da war dennoch so eine Distanz zwischen ihnen zu bemerken.

Britta war ein Einzelkind gewesen, aber ihre Freundin Carola war in einem Hause mit acht Geschwistern aufgewachsen. Oft hatte sie Carola in der Schulzeit besucht und da war immer Trubel, Neckerei und mitunter auch mal ein heftiger Streit, aber die Schulfreundin hatte ihre Schwestern nie so angesehen, wie es Lissy auf dieser Aufnahme tat.

Die Freundin hatte vermutlich ihren Blick bemerkt, denn sie erhob sich, holte das Porträt und seufzte auf.

„Franziska ist zwei Jahre älter und wir waren wohl nur durch unsere Mutter miteinander verbunden. Als sie starb, zerbrach auch bei uns beiden etwas. Und dann waren wir auch noch zusammen im selben Internat!", erzählte sie mit dem Blick auf das Bild.

Lissy legte das Foto auf den Tisch und schaute sie an, dann setzte sie fort: „Ich hatte völlig den Halt verloren und dann wollte ich so sein, wie meine große Schwester. Damit begann dieser elende Teufelskreis! Franziska war perfekt! Sie konnte auf einer Geburtsgasfeier eine halbe Torte essen und nahm nicht ein Gramm zu. Ich brauchte nur einen Pfannkuchen aus der Entfernung sehen und hatte ein Kilo zugelegt! Ich trainierte wie verrückt, während Franziska mit einem Buch auf der Veranda lag. Dennoch hat sie mich immer beim Laufen geschlagen!"

Einen Moment schwieg Lissy und blickte zur Decke. Offenbar suchte sie in der Vergangenheit nach den richtigen Worten.

„Jahrelang ging das so, bis ich zusammengebrochen bin. Meine Therapeutin hat mich gerettet und ohne sie wäre ich damals möglicherweise einfach verhungert. Die Einweisung in die Klinik war genau das, was ich gebraucht hatte. Margot hat mir gezeigt, dass ich kein Vorbild brauche und selbst wunderbar bin", erklärte Lissy weiter und erhob sich danach.

Sie trat an das Fenster und blickte auf die Lichter der Stadt hinunter.

„Aber irgendwie spüre ich gerade in mir, dass dieses Partyleben bisher auch nur ein Ausweg war. Ich müsste mal ergründen, was ich bislang verdrängen wollte! Vielleicht ist da der Rückzug in ein Kloster eine gute Entscheidung!", sagte sie über die Schulter.

„Meinst du wirklich, dein Großvater steckt dich in ein Nonnenkloster?"

„Verdient hätte ich es, für diesen Mist!", seufzte Lissy.

„Aber du warst doch nicht daran schuld! Dieser Jim ist das Drecksschwein!", entgegnete Britta und trat zu ihrer Freundin.

„Wirklich? Wäre ich nicht auf den Weihnachtsmarkt gegangen", begann Lissy.

„Dann hätte er dir im Fitnessstudio aufgelauert, an einer Bar, in einem Café oder irgendwo sonst. Du warst sein Ziel und er hätte dich erwischt!", unterbrach Britta diese nutzlosen Gedanken.

Sie legte ihren Arm um die Schultern der Freundin.

„Auch wieder wahr! Wir sollten jetzt dein Zimmer noch vorbereiten, denn es ist schon spät! Wir müssen morgen beizeiten aufbrechen!", unterbrach Lissy jetzt die Unterhaltung.

Zusammen gingen sie in das Gästezimmer, das wirklich sehr schön war. Ihre ganze Wohnung war nicht so groß, wie dieser Raum mit angeschlossenem Bad!

Beim Beziehen des Bettes stellte sich Lissy allerdings so unbeholfen an, dass man ihr deutlich ansah, dass sie das vermutlich zum ersten Mal tat.

Es war weit nach Mitternacht, als Britta dann geduscht und satt in ihrem Bett lag, aber der Schlaf kam nicht.

Sie dachte immerzu über Lissys Ausführungen nach.

Vielleicht wäre der Gang zu einem Therapeuten auch in ihrem Falle ganz gut, wenn sie ihr eigenes Verhältnis zu ihrer Mutter so betrachtete.

Es klopfte, Lissy schob die Tür einen Spalt weit auf und sagte: „Ich wünsche dir eine schöne Nacht!"

Britta gab ihr den Gruß zurück und setzte noch hinzu: „Weißt du eigentlich, wie stark du bist?"

„So stark, dass ich dich eigentlich vor zwei Minuten noch fragen wollte, ob ich für diese Nacht nicht mit in dein Bett kommen kann. Mir geht es gerade nicht so gut!"

Wortlos rutschte Britta zur Seite, denn das Bett war ja breit genug für drei, und hob einladend die Decke an.

Geschwind huschte Lissy in das Zimmer und schlüpfte zu ihr unter die Bettdecke.

„Ich danke dir!", flüsterte die Freundin.

9. Kapitel

Im Dunkel der Erinnerung

*E*s mochte wohl seltsam wirken, aber gerade eben kuschelte sich Lissy im Bett des Gästezimmers an die Freundin an. In der Dunkelheit waren die Dämonen der Vergangenheit wieder über sie hergefallen und da war es nicht sehr hilfreich gewesen, dass sie sich zuvor auch noch über Franziska unterhalten hatten.

Mittlerweile war es so gegen zwei Uhr in der Früh, aber weder sie noch Britta konnten gerade schlafen.

Immer neue Gedanken zogen ihre nutzlosen Kreise durch ihren Kopf.

Was würde werden?

Und irgendwie erinnerte sie diese Situation auch gerade wieder an die Zeit in dem Internat in der Schweiz.

Noch mehr dunkle Rückblicke zogen sich über ihr zusammen.

„Du denkst zu viel nach", flüsterte Britta ihr ins Ohr.

„Das ist ja auch kein Wunder", seufzte Lissy.

Britta schaltete die kleine Nachttischlampe ein und blickte sie an.

„Wenn du reden willst, dann höre ich dir zu!", sagte sie und setzte sich im Bett auf.

„Reden kann helfen, hat mir auch meine Therapeutin gesagt! Damals!", erwiderte Lissy.

„Sie ist ziemlich schlau gewesen. Oder?"

„Und wirklich hübsch noch dazu!", entgegnete Lissy und setzte sich jetzt ebenfalls auf.

Im Bett sitzend, an die Rückwand des Kopfendes gelehnt, sinnierte Lissy über Margot nach.

Konnte sie Britta davon erzählen? Aber der Ruf war ja sowieso schon ruiniert. Zumindest ihrer! Oder griff sie da gerade zu tief in Margots Leben ein? Egal, es musste raus!

„Du darfst das aber nie jemanden verraten!", sagte sie zu Britta und versicherte sich damit lieber zuerst der Verschwiegenheit der Freundin.

Britta nickte und sagte: „Versprochen!"

„Ich war damals sechzehn und immer noch im Internat, Margot einige Jahre älter und als Betreuerin und Therapeutin dort. Sie hat vermutlich erkannt, wie schlecht es wirklich um mich stand. Wohl noch eher, als ich es selbst realisierte. Auf ihren ausdrücklichen Rat bin ich in ein Krankenhaus eingewiesen worden", begann sie zu erzählen und stellte sich dabei wieder das Gesicht der jungen Frau von damals vor.

„Margot hat sich um mich gekümmert und war immer für mich da. Sie hat mich täglich in der Klinik besucht und irgendwie habe ich mich dabei wohl in sie verliebt! Es war aber vermutlich nicht nur einseitig, denn ich hatte dann mein erstes Mal mit ihr!"

Britta rutschte im Bett ein Stück von ihr ab.

„He! Was soll das?", fragte Lissy nach.

Britta räusperte sich nur hörbar.

„Ich mag dich, aber du bist nicht mein Fall als Geliebte!", setzte Lissy nach.

„Margot war der erste Mensch, der sich wirklich für mich interessiert hat. Nach meiner Mutter. Es war wohl für sie nur die Schwärmerei eines Teenagers, aber ich habe nach ihr in jedem Menschen, der mir begegnet ist, ihr Bild gesucht!", erzählte sie weiter.

„Und warum bist du dann nicht später zu ihr gegangen?"

„Sie hatte einen Mann und schon ein Kind und sie würde ihren Job verlieren, sollte das jemals rauskommen. Ich war damals minderjährig und auch noch ihre Patientin! Und sicherlich würde daran auch ihre Ehe zerbrechen!", seufzte Lissy.

„Irgendwie bewundere ich dich", erwiderte Britta und setzte hinzu: „Du riskiert es, unglücklich zu sein, nur um ihr nicht zu schaden!"

„So habe ich das noch nie gesehen", entgegnete Lissy und blickte die Freundin neben sich an.

„Erzähle mir was von diesem Internat", antwortete Britta jetzt, vermutlich, um sie auf andere Gedanken zu bringen.

Allerdings hatte es doch mit Margot dort angefangen. Lissy sah zur Zimmerdecke hinauf und stellte sich das alte Gebäude vor.

„Es war ein Eliteinternat. Ein uraltes Haus mit hunderten von Mädchen. Der Gärtner war der einzige Mann und er war zu der Zeit schon weit über siebzig! Kein Junge weit und breit! Keinerlei Versuchung! Im Sommer waren wir baden in einem See und im Winter Ski laufen. Ich war da einige Jahre. Ohne Franziska und diesen ständigen Kampf, ihr zu ähneln, wäre es sicher eine tolle Zeit gewesen. Aber so?", erklärte sie.

„Hundert Mädchen und kein Junge? Ich hätte da sicherlich einen Koller bekommen!", entgegnete Britta.

„Ich war da ab meinem elften Lebensjahr. Ich kannte es nicht anders! Du hattest sicher Freunde in der Schule, ich nur andere Mädchen!", erläuterte Lissy der Freundin.

„Im Nachhinein haben viele Geräusche, die ich nachts im Schlafsaal gehört habe, natürlich eine andere Bedeutung bekommen!", setzte Lissy noch hinzu.

„Aha!", entgegnete Britta und schmunzelte.

„Ich hatte mein erstes Mal und meinen ersten Freund mit sechzehn! Wir waren damals an einem See baden, nackt!", erzählte die Freundin jetzt.

Mit ihrem Einwurf erinnerte Britta sie jetzt allerdings wieder an Jim und ein unbeschreibliches Gefühl zog sich durch Lissys Bauch.

„Weißt du, ich hatte immer Wut auf Franziska, aber ich habe sie niemals dafür gehasst. Jetzt hasse ich zum ersten Mal einen Menschen und das macht mir Angst! Dieser Jim hat irgendwie mehr in mir zerbrochen, als mir bis gerade eben bewusst war!", stellte Lissy fest.

Britta rückte näher zu ihr heran und umarmte sie. Das tat richtig gut.

„Weißt du, ich habe vor dir nie wirklich eine richtige Freundin gehabt", bemerkte Lissy und erzählte weiter: „Bekannte wohl, auch im Internat, aber nie wirklich jemanden, mit dem ich reden konnte. Von Margot mal abgesehen!"

„Ich hatte immer unzählige Freundinnen, aber im Moment sind nur du und Carola davon noch übrig. Das Leben trennt Freundschaften oft und es schließ auch wieder neue!", erklärte Britta.

„Du redest manchmal, als wärest du schon hundert Jahre alt!", antwortete Lissy und musste über Brittas Gesichtsausdruck lachen.

„Ich war als Kind immer bei meiner Großmutter im Sommer im Urlaub", offenbarte Britta und schaute versonnen lächelnd zur Decke.

„Erzähle mal von ihr, das lenkt mich sicherlich von Jim ab!"

„Ja, meine Oma, schön war es immer bei ihr! Sie hat in einem kleinen Haus auf dem Dorfe ge-

64

wohnt. Da gab es Tiere und Kräuter und ich durfte so lange fortbleiben, wie ich wollte. Bei ihr war ich auch damals an dem See", berichtete Britta und räusperte sich.

Sicherlich wollte sie ihr erstes Mal jetzt nicht wieder ansprechen, denn Britta sollte sie ja ablenken.

Daher schwenkte sie auch sofort wieder ab und fragte: „Kennst du deine Großmutter?"

Doch mit dieser Wendung brachte sie nur die dunkle Vorahnung an den Großvater hoch.

„Nein! Leider nicht. Sie ist lange vor meiner Geburt gestorben", erklärte Lissy und legte sich zurück.

„Wir sollten jetzt schlafen, denn wenn ich da morgen mit Augenringen auftauche, dann hält mich mein Großvater vielleicht auch noch für einen Vampir!", versuchte Lissy einen Scherz.

Britta legte sich zu ihr, löschte das Licht und sie beide versuchten einzuschlafen.

10. Kapitel

Auf dem Weg ...

ie Nacht war ziemlich kurz gewesen. Vielleicht nicht mal drei Stunden hatte Britta geschlafen und ihrer Freundin war es wohl so ähnlich ergangen.

Jetzt standen sie zusammen im Bad des Gästezimmers, obwohl Lissy ja eigentlich ein eigenes Badezimmer hatte. Das gab der ganzen Szenerie den Anschein eines Schullandheimes oder eines Internats für Mädchen: Zwei nackte junge Frauen, die sich soeben um einen Föhn balgten.

Lissy hatte wirklich recht mit ihrer Behauptung, dass ein Zusammenleben, für sie beide in ihrer kleinen Wohnung, unmöglich werden würde. Grob gesagt war Lissy eine ziemliche Schlampe, denn sie ließ einfach alles aus der Hand fallen, wenn sie es nicht mehr brauchte.

Womöglich lag das daran, dass ihr von klein auf immer alles hinterhergeräumt worden war.

Sie selbst hingegen war bereits ziemlich früh vor der Mutter geflüchtet und hatte schon mit siebzehn ihre erste eigene Wohnung gehabt. Aufräumen und alles sauber halten war da einfach selbstverständlich.

„Sage mal, kannst du so einen französischen Zopf?", erkundigte sich Lissy bei ihr, während sie ihre Haare gerade irgendwie zu bändigen suchte.

„Ja. Carola hat mir das früher mal beigebracht. Wir haben uns als Kinder immer gegenseitig die Zöpfe geflochten!"

„Würdest du mir dann bitte so einen machen?", bat Lissy.

„Natürlich. Setzt dich mal hin!", erwiderte Britta und holte ihren Kamm.

Jetzt saß die nackte Lissy vor dem Spiegel und vor ihr.

Britta konnte nicht umhin, die Freundin zu bewundern. Nach der Erzählung in der Nacht war es wohl zum großen Teil Margots Verdienst, dass sich Lissy zuerst mit ihrer Figur ausgesöhnt und diese danach nach ihren Vorstellungen geformt hatte.

Die Statue einer griechischen Göttin hätte wohl ähnlich ausgesehen: kraftvoll, muskulös und dennoch ästhetisch und schön! Bis auf die langen strohblonden Haare hatte sie kein Härchen sonst am Leib. Lissy war einfach wunderschön.

Ihr eigener Körper im Spiegelbild war hingegen nicht ganz so tadellos.

„Vergleiche dich niemals mit mir oder sonst wem!", erklärte Lissy, die wohl ihren Blick zu deuten gewusst hatte.

Die alten Handgriffe kamen schnell wieder, obwohl der letzte Zopf sicherlich schon mehr wie fünf Jahre her war.

„Du bist perfekt!", sagte Lissy, nachdem die Frisur dann endlich fertig geworden war. „Und ich meine nicht nur den Zopf!", setzte die Freundin noch hinzu.

Sie erhob sich von dem Hocker und gab ihr einen Kuss, vor dem Britta zurückzuckte.

Noch immer war die Erzählung der Freundin aus der Nacht in ihrem Kopf.

Lissy ging einfach und ließ sie in dem entstandenen Chaos zurück.

Kopfschüttelnd räumte Britta geschwind das Bad auf und zog sich danach an.

Was würde der Tag bringen? Zumindest erst einmal eine Fahrt im Auto in die Berge!

Mit ihren Koffern trat Britta aus dem Gästezimmer und erstarrte.

Lissy stand vor ihr, aber das schien eine völlig fremde Frau zu sein. Mit dem Zopf und in einer hochgeschlossenen Kombination aus weißer Bluse, dunkelblauer Jacke und dazu farblich passendem knielangen Rock, sowie flachen schwarzen Schuhen sah sie mehr wie die Stewardess in einem Flugzeug aus.

„Zu viel?", fragte die Freundin zweifelnd und blickte an sich herab.

„Ich wollte gerade einen Kaffee bei dir bestellen!", entfuhr es Britta.

„So schlimm?", entgegnete Lissy und strich sich den Rock glatt.

„Ich kenne ja deine Verwandtschaft nicht, aber mein Vater würde dabei vom Stuhl fallen und vor Lachen auf dem Boden liegen, wenn ich so etwas anziehen würde!", erklärte Britta.

„Eben! Du kennst meine Sippe nicht! Das Fehlen einer Bügelfalte an der Hose wurde da früher mit Stockhieben bestraft!", antwortete Lissy.

Britta musste bei dieser Bemerkung schmunzeln.

„Nein ehrlich! Ich war da als Kind mal dabei!", beharrte Lissy auf ihrer Meinung.

„Wirklich?", antwortete Britta noch immer zweifelnd.

Lissy nickte nur und drehte sich vor dem Spiegel. Sie trug weder Lippenstift noch Make-up und wäre als unscheinbares Mäuschen so sicherlich nie einem Paparazzo aufgefallen, wenn sie jetzt durch die Straßen gehen würde.

„Na dann ist es perfekt!", bemerkte Britta.

Lissy lächelte und nahm sich Handtasche, Mantel und einen kleinen Koffer.

Mit dem Mantel über dem Arm wartete sie an der Tür, während Britta sich den dicken Wintermantel anzog. Mit der gesteppten Jacke sah sie jetzt eher wie das Männchen in der Reifenwerbung aus.

Lissy setzte sich soeben keck eine Kappe auf, die damit nur noch mehr der Eindruck einer Zugbegleiterin in ihr verstärkte.

Mit dem Fahrstuhl ging es nach unten und in der Tiefgarage luden sie das Reisegepäck in Lissys Sportwagen. Das Gefährt sah wirklich schnell aus, aber nach dem Verstauen der Koffer war kaum noch Platz zum Sitzen darin.

Lissy startete den Motor und das Dröhnen war ziemlich laut.

„Zwölf Zylinder, da sind mehr als sechshundert Pferdchen unter der Haube!", bemerkte sie schmunzelnd, dann trat sie das Pedal durch.

Der Wagen schoss davon und hinterließ sicherlich ein halbes Kilo Gummi auf dem Beton der Tiefgarage. Der Andruck presste Britta in den Sitz und sorgte dafür, dass das Gepäck nach hinten rutschte und ihr damit etwas mehr Beinfreiheit gab.

Ohne ein weiteres Wort lenkte Lissy das Geschoss in Richtung Schnellstraße.

Der zusammengekniffene Mund im Zusammenspiel mit dem fehlenden Lippenstift sorgte dafür, dass von Lissys Lippen fast gar nichts mehr zu sehen war.

Die Autobahnauffahrt wurde zur Beschleunigungsstrecke, die Nadel des Tachos näherte sich ziemlich rasant der 200 und Britta hielt kurz die Luft an.

Wollte die Freundin der Aussprache mit der Familie entgehen, indem sie hier irgendwo von der Autobahn ins Gelände flog?

„Lissy! Bitte!", stieß Britta besorgt aus.

Unverzüglich nahm sie etwas Tempo fort.

„Ich fühle mich gerade wie eine meiner Cousinen! Du kennst doch Mary Stuart?", fragte Lissy.

„Bist du wirklich mit ihr verwandt?"

„Ja, über ein Dutzend Ecken! Und gerade fühlt es sich an, als würde irgendwo das Beil für mich geschliffen!", setzte Lissy hinzu.

„So schlimm wird es schon nicht werden!"

„Es fühlt sich aber dennoch so an! Mary wusste wenigstens, was ihr bevorstand!", seufzte Lissy.

„Das Einzige, was wir zu fürchten haben, ist die Furcht selbst", entgegnete Britta.

„Komme mir jetzt bitte nicht auch noch mit Roosevelt! Es geht um meinen Hals, nicht um deinen! Und ich darf mich sehr wohl fürchten!", beklagte sich Lissy.

„Etwas geht mir schon die ganze Zeit im Kopf herum: warum hat sich dieser Verbrecher auch noch für die tolle Nacht bedankt?", fragte Lissy jetzt.

„Der wollte dich in Sicherheit wiegen, um Zeit für seinen Plan zu gewinnen! Ohne den Zettel hättest du sofort Verdacht geschöpft und wärst zur Polizei gegangen!", erwiderte sie.

„Das ist sehr wohl möglich. So habe ich das bisher gar nicht gesehen!", erklärte Lissy und fluchte laut darüber.

Diese deftige Sprache passte so gar nicht zu ihrem derzeitigen Aussehen.

Südwärts jagte das Fahrzeug mit ihnen.

11. Kapitel

Gegen die Angst

Unaufhaltsam jagte der Wagen dem Ziel entgegen, obwohl sie das eigentlich nicht wollte, doch Britta hatte wohl den Punkt getroffen. Wie es Roosevelt schon so schön formuliert hatte, würde sich Lissy einfach der Angst stellen müssen. Da gab es doch noch so einen Spruch mit dem Ende und dem Schrecken.

Selbstverständlich hatte Britta recht damit, dass der Großvater sie wohl kaum einen Kopf kürzer machen würde, aber schon allein ihm gegenüberzustehen und die Bilder aus der Zeitung vorgeworfen zu bekommen, das war schon Schande genug.

Nur zu deutlich waren diese Fotos noch in ihrem Kopf. So etwas wollte wohl kein Mensch irgendwo von sich veröffentlicht sehen!

Britta schaltete das Radio an und ein Weihnachtslied dudelte. Es war so ein derartiger Kontrast zu ihrer derzeitigen Stimmung, dass sie ein paar Augenblicke brauchte, um zu realisieren, dass ja bald wirklich Weihnachten war.

Wie war das früher immer mit diesen Festen am Jahresende gewesen? Meist hatte sie allein im Internat gefeiert! Nicht mal Franziska war bei ihr gewesen, denn die Schwester hatte eine Freundin aus der Schweiz gefunden und war dann immer bei ihr geblieben.

Praktisch hatte Lissy dann immer das gesamte Internat für sich allein gehabt. Bis zu ihrem elften Geburtstag hatte sie Weihnachten immer mit der Mutter gefeiert und danach nur noch allein!

Vielleicht hatte sie auch deshalb nicht wirklich einen Bezug zu diesem Fest gefunden.

Und Britta schien es ähnlich zu gehen, denn zu schnell hatte die Freundin zugesagt, sie in die Alpen zu begleiten.

Noch war die Umgebung eher herbstlich dunkelgrau, aber es würde sicherlich nicht mehr lange dauern, bis die ersten Berge zu sehen sein würden.

Der Wagen war schnell, obwohl sie ihn eigentlich niemals bis zur maximalen Geschwindigkeit ausfuhr, aber das war ihr auch völlig egal.

Das hier war die längste Strecke, die sie seit zwei Jahren damit zurücklegte, denn sonst fuhr sie damit nur in der Stadt.

Diese italienische Nobelkarosse war mehr zum gesehen werden da und dazu musste man nicht schnell fahren, sondern langsam dahingleiten. Es gab sicherlich keine fünfhundert von diesen Flitzern weltweit.

Lissy richtete ihren Blick nach vorn und saß schweigend neben ihrer Freundin.

Ihre Gedanken flogen beklommen dem Wagen voraus.

Stunden später rief Britta: „Oh schön! Schau mal, die Berge!"

Eine Winterlandschaft wie im Bilderbuch tat sich vor ihnen auf, aber gerade konnte sich Lissy nicht darüber freuen.

Aber es musste einfach sein!

Sie würde sich die Strafpredigt des Großvaters anhören und danach eine Weile untertauchen, bis Gras über die Sache mit diesem leidigen Zeitungsartikel gewachsen war.

Dazu würde sie mit Britta im Hotel wohnen, wo sie der Freundin dann auch ab dem nächsten Tag das Skilaufen beibringen würde.

Zumindest hatte sie bis Silvester eine Suite mit zwei Schlafzimmern gebucht, denn nichts auf der Welt würde sie dazu bringen, in diesem dunklen Kasten zu nächtigen, der sich Schloss Wolfenfels nannte.

Im Navigationsgerät hatte sie es unter »Dark Dungeon« einprogrammiert. Britta hatte am Beginn der Reise mit dem Finger darauf gezeigt und sie hatte nur mit den Schultern gezuckt.

Es war eben das, was sie darin sah! Ein dunkles Verlies!

Dieses ungute Gefühl in ihrem Magen war geblieben und verstärkte sich mit jedem gefahrenen Kilometer immer mehr, aber am Abend würde sie das überstanden haben, danach ein paar Tage still bleiben und unerkannt in dem Kaff verschwinden.

In der nächsten Ausgabe der Zeitung würde eine andere Sau durchs Dorf getrieben und dann war alles wieder so, wie es sein sollte.

Hoffentlich!

Sie bog in den Ort ab, bremste vor dem Hotel und ließ Britta aussteigen.

„Bis heute Abend. Ich melde mich!", sagte sie noch zu ihrer Freundin, dann rollte Lissy den Burgberg hoch und hielt auf dem Parkplatz.

Bedrohlich und schaurig ragte das Gemäuer über ihr auf und sie zog unweigerlich den Kopf zwischen die Schultern.

Das Gepäck ließ sie im Wagen, stieg aus und ging zum Tor hinüber.

Mary Stuarts letzte Schritte vor dem Tower!

Sie hob den Klopfer an, zögerte einen Atemzug und ließ ihn danach gegen das Tor fallen.

Augenblicklich öffnete sich diese Pforte und der alte Diener ihres Großvaters stand im Eingang.

Sicherlich hatte er zuvor den Motor ihres Wagens gehört.

„Hallo Siegbert! Mein Großvater wünscht mich zu sehen", begrüßte sie den uralten und weißhaarigen Mann.

„Gräfin Elisabeth Amalia!", empfing er sie nach einem Moment der Überlegung, denn es war schon mehr wie fünf Jahre her, dass sie das letzte Mal ihren Fuß über diese unheilvolle Schwelle gesetzt hatte.

Siegbert ließ sie eintreten, schloss das Tor und ging vor ihr her.

Die Gänge und Treppen waren immer noch so düster, wie sie diese in der Erinnerung hatte. Es waren endlose Wege in einem steinernen Kasten!

Schließlich waren sie vor dem Raum angelangt, welcher im Mittelalter der Rittersaal gewesen war.

Das ungute Gefühl in ihrem Magen war nur noch viel stärker geworden.

Siegbert klopfte, schob die quietschende Tür auf und gab den Weg für sie frei.

Ein Krimi bei Edgar Wallace konnte so beginnen! Und meist ging das mit dem Tode der Hauptperson weiter, bevor der Kommissar mit seinen Ermittlungen begann.

Zögerlich trat Lissy einen Schritt vorwärts.

„Elisabeth Amalia, Gräfin von Wolfenfels!", rief der Kammerdiener laut in den Raum und sie zuckte zusammen.

Schnell machte sie den obligatorischen Knicks und ging durch diesen Saal.

Am anderen Ende der Halle saß der Großvater in einem Sessel am Feuer und erhob sich davon. Und auch ihr Vater war anwesend.

Zwei Standpauken in einem Aufwasch!

Lissy schluckte den Kloß herunter, den die Angst in ihrem Halse gebildet hatte.

„Junges Fräulein, dass du dich noch hierher traust!", blaffte der Großvater sie an, doch es war nur eine rhetorische Bemerkung, denn sie war ja seinem eindringlichen Befehl gefolgt.

Nach ein paar Schritten stand sie vor den beiden Männern, kniete sich schließlich vor den Großvater und Siegbert war hinter sie getreten. So hatte sicher damals auch der Scharfrichter mit dem Beil hinter Mary gestanden.

Jetzt wollte sie es einfach nur noch schnell hinter sich haben, beugte demutsvoll das Haupt und sagte danach nur: „Es tut mir leid!"

Offensichtlich war es der falsche Ansatz, denn der Großvater explodierte regelrecht vor Wut. Der Mann war über achtzig und momentan sah es so aus, als würde er in ein paar Minuten einen Herzanfall bekommen.

Am liebsten hätte sie sich die Ohren zugehalten, aber das würde ihn wohl nur noch zusätzlich aufregen.

Still schweigen und zuhören, das blieb ihr jetzt noch zu tun.

„Was zum Teufel hast du dir nur dabei gedacht?", brüllte er sie an und wartete.

Er wollte offensichtlich eine Antwort darauf von ihr.

„Ich war betrunken und", begann sie.

Offenbar war das aber wieder falsch, denn mit einer Handbewegung unterbrach sie der Großvater sofort und setzte zu einem unartikulierten Schrei an.

Im Mittelalter wäre das wohl der Moment gewesen, wo Siegbert mit dem Schwert zugeschlagen und ihr den Kopf vom Rumpf getrennt hätte!

Eine Schimpfkanonade brach über sie herein.

Sie dachte nur noch: „Augen zu und durch!"

Irgendwann musste sich der Mann auch wieder abreagieren. Und das alles für ein paar Fotos in einer Zeitung!

Lissy hörte einfach nicht mehr zu und wartete darauf, was jetzt kommen würde und welche Strafe sie dafür bekam.

12. Kapitel

Das rote Pferd

Der silberne Pfeil jagte in einer traumhaften Landschaft dahin und Britta konnte sich daran kaum sattsehen, aber ihrer Freundin am Steuer war das Unbehagen mehr als deutlich anzumerken.

Schon seit einer Weile nagte Lissy nervös auf ihrer Unterlippe herum, aber Britta hatte keine Ahnung, wie sie ihrer Freundin diese Unsicherheit wieder nehmen konnte.

Die Freundin hatte sich da, zwar ohne ihr eigenes Verschulden, in eine unmögliche Lage gebracht und würde selbst sehen müssen, wie sie da wieder herauskam!

Sicherlich würde Graf von Wolfenfels ihr dafür nicht den Kopf abreisen, aber Britta stellte sich gerade selbst in derselben Situation vor und beim Gedanken daran, was ihre Mutter wohl dazu sagen würde, lief es ihr eiskalt den Rücken herunter.

Irgendwann nahm Lissy das Tempo weg und rollte in ein Örtchen, das man ohne Probleme in jeder Weihnachtswerbung hätte unterbringen können. Die Stadt war festlich geschmückt und es fehlte eigentlich nur der Weihnachtsmann mit seinem von Rentieren gezogenen Schlitten.

Vor einem rustikal wirkenden Hotel hielt Lissy an, verabschiedete sich und fuhr davon.

Die Burg, die wohl ihr Ziel war, thronte majestätisch auf einem Felsen über der Stadt. So düster wie Lissy sie ihr bisher beschrieben hatte, wirkte sie gar nicht auf sie.

Vielleicht war es der Grund des Aufenthaltes dort, der diesen Platz für Lissy so gruslig machte.

Mit ihren beiden Rollkoffern betrat Britta die Lobby des Hotels und der rustikale Landhausstil setzte sich auch im Inneren des Gebäudes fort.

Aber alles war ziemlich aufwendig renoviert und sah äußerst hochwertig aus. Lissy hatte ja beim Aufbruch bereits gesagt, dass es das beste Haus der Stadt war.

„Sie wünschen?", fragte eine ältere Frau im ortsüblichen Dirndl.

„Ich bin Britta Thiess. Meine Freundin hat für uns ein Zimmer reserviert!"

„Ja! Herzlich willkommen in unserem Hotel. Sie haben die Suite, unser bestes Zimmer! Nummer 303", erklärte die Frau und kam um den Tresen herum.

Wenig später stiegen sie ohne Koffer die Treppe hinauf.

„Ein Träger bringt ihnen dann ihr Gepäck! Ich bin Magda und mir gehört dieses Haus!", erzählte die Frau.

„Es ist wirklich schön hier!", antwortete Britta und bewunderte die hochwertige Ausstattung, die selbst im Treppenhaus ziemlich teuer aussah.

„Und das ist ihr Zimmer. Die Suite mit zwei separaten Schlafzimmern. Kommt ihre Freundin dann noch?", erklärte Magda, als sie den Raum geöffnet hatte.

„Ja, sie hat noch was zu erledigen und meldet sich dann später! Ich würde mich erst mal frisch machen. Kann man hier irgendwo gut essen?", fragte Britta.

„Man kann, und Frau auch! In meinem Restaurant unten gibt es landestypische Spezialitäten. Mein Mann kocht!", erzählte Magda.

„Fein!", entgegnete Britta und sah sich in der mehr als geräumigen Suite um.

„Das Zimmer ist sehr hübsch", sagte sie und Magda war die Freude über dieses Lob deutlich anzusehen.

Sie drückte ihr den Schlüssel in die Hand, verabschiedete sich und ging.

Britta zog die Jacke aus, hängte sie an einen Garderobenhaken und schlenderte danach durch die Räume.

Zwei Schlafzimmer, ein luxuriöses riesengroßes Bad und ein gemütlicher Aufenthaltsraum waren jetzt ihr gemietetes Reich für die nächsten Tage hier.

Das große Fenster öffnete sich zu einem schneebedeckten Hang hinaus, der förmlich danach schrie, mit Ski befahren zu werden und einige Leute taten das gerade auch.

Sie ließ sich auf ihr Bett fallen und prüfte die Beschaffenheit ihres neuen Ruhelagers.

Es klopfte und ein Page brachte schwitzend die beiden sperrigen Koffer. Mit einem Lächeln und um zehn Euro reicher ging er nach ein paar Minuten wieder.

Jetzt kam der Moment für das Bad und die warme Dusche, aber zuerst räumte sie flugs ihre Sachen in den Schrank.

Über ihrem Bett hing das Bild eines roten Pferdes, was wohl den Namen des Hotels »Zum roten Ross« repräsentieren sollte, aber gerade hatte Britta einen alten Partyschlager als Ohrwurm im Kopf, der da auch nicht mehr herauswollte.

Ziemlich falsch singend und unter der Dusche stehend, genoss sie die warme Brause. Die tat nach der Fahrt wirklich richtig gut.

Als sie aus der Duschkabine trat, sah sie sich selbst in dem gigantischen Spiegel, der fast eine ganze Wand des Badezimmers einnahm.

Sie drehte sich davor und schaute sich dabei von allen Seiten an. Und obwohl Lissy am Morgen noch eindringlich davor gewarnt hatte, dass sie sich nicht mit ihr vergleichen sollte, tat sie das jetzt zwangsläufig.

Aber gegen Lissy konnte sie nur in derselben Form verlieren, wie es der Freundin jahrelang mit ihrer Schwester Franziska geschehen war. Lissy hatte ihr auch nur zu deutlich beschrieben, wohin das führen konnte.

Vor Jahren hatte Britta mal eine Dokumentation darüber gesehen und würde es dennoch nicht verstehen können. Niemand, der nicht in dieser Lage war, konnte das vermutlich.

Nach dem Abtrocknen betrat sie das Schlafzimmer und zog sich an.

Anschließend versuchte sie Lissy auf dem Handy zu erwischen, aber vermutlich hatte die Freundin es aus, denn es meldete sich nur die Mailbox.

Sollte sie jetzt auf Lissy warten? Oder lieber dem Ruf ihres knurrenden Magens folgen?

Sie entschied sich für die zweite Option und stieg nach unten.

In der Lobby kam Magda auf sie zugeeilt und führte sie in den Gastraum hinüber.

Britta bekam einen gemütlichen Platz, die Karte war ansehnlich und schnell hatte sie etwas bestellt, was lecker klang.

In der Wartezeit ließ sie ihren Blick im Raum umher gleiten und ihr fiel der Aushang einer Werbung auf: Die freiwillige Feuerwehr des Ortes bat am übernächsten Abend zur alljährlichen Weihnachtsfeier.

Sie erinnerte sich wieder daran, dass Lissy davon als dem wichtigsten Event des Jahres gesprochen hatte.

Vielleicht konnten sie da an diesem Abend tanzen und die Freundin würde ihren Kummer mal für ein paar Stunden vergessen.

Magda brachte das Essen persönlich an den Tisch und Britta fragte sich bei diesem Anblick gerade in Gedanken, wer das wohl alles essen sollte. Das hätte sicherlich für drei gereicht!

Die Wirtin hatte ihren Blick bemerkt und lächelte milde. Hier hatte man wohl Verständnis für Großstadtkinder im Urlaub.

„Danke schön. Gibt es dafür noch Karten?", fragte Britta und zeigte auf den Aushang.

„Eigentlich nicht, aber als Hotelgäste haben sie da automatisch Eintritt. Die Feier findet bei uns hinten im Saal statt und mein Bruder ist der Chef der Feuerwehr!", entgegnete Magda.

Augenblicklich zog sie zwei Karten aus der Rocktasche und legte diese neben das Essen.

„Guten Appetit!", sagte die Wirtin und ging.

Die nächste Herausforderung war jetzt, den Berg aus Knödeln, Rotkraut und Gänsekeule zu bewältigen.

Beim ersten Bissen fiel ihr ein, dass es Gänsebraten bei der Mutter nur zu Weihnachten gab und sie noch dringend eine Entschuldigung dafür brauchte, warum sie dieses Jahr nicht zum Fest nach Hause kam.

Die Wahrheit hätte die Mutter wohl aus den Schuhen geworfen, Vater hätte sie sicherlich verstanden.

In den nächsten Tagen brauchte sie da unbedingt eine gute Ausrede. Urlaub in den Alpen würde Mutter niemals als Grund für ihr Säumen gelten lassen!

Kämpfend mit den Knödeln ging Brittas Blick immer wieder vom Aushang zur Uhr.

Wo blieb Lissy bloß?

Wie lange konnte es denn dauern, sich für zehn missglückte Partybilder zu entschuldigen?

In den sozialen Medien sah man so etwas sicher jeden Tag unzählige Male!

13. Kapitel

Der Ahnherrin gefolgt?

*F*assungslos starrte Lissy auf den Bildschirm, vor dem sie jetzt stand. Der Großvater gab keinen Ton mehr von sich und hatte die Fernbedienung in der Hand.

Siegbert hatte den Schrank geöffnet und stand jetzt mit ihrem Vater daneben.

Lissy konnte nicht glauben, was der Großvater ihr hier momentan zeigte. Sie sah sich selbst beim Sex mit einem Mann unter der Dusche. Vermutlich war das Jim, denn die Duschkabine sah aus, wie jene des Hotelzimmers.

Jims Gesicht war nicht zu erkennen, ihres aber schon, und zwar ziemlich deutlich. Auf den Bildern trug sie allerdings eine dunkle Perücke und glich damit der Schwester.

„Dieser Fotofritze hat versucht, uns damit um fünf Millionen Dollar zu erpressen!", schimpfte der Großvater jetzt und spulte vor.

Jetzt sah sie sich mit dem Mann im Bett. Sie lag auf dem Bauch, das Gesicht wieder zur Kamera gedreht, während er sie von hinten penetrierte.

Es war widerlich und Jim hatte sich offenbar sogar die Mühe gemacht, den Streifen zu synchronisieren, denn das Gestöhne konnte nicht echt sein. Es wirkte, als hätte sie wirklich Spaß daran und forderte Jim dann noch ziemlich vulgär dazu auf, weiterzumachen. Die Stimme der Frau klang sogar fast wie ihre eigene.

„Ich erspare dir den Rest!", fuhr der Großvater sie an und schaltete ab.

Der Bildschirm wurde schwarz und zeigte ihr Spiegelbild.

Lissy senkte den Blick zum Boden und wagte es nicht mehr, einem der drei Männer in dem Raum in die Augen zu sehen.

Diese Situation war mehr als peinlich!

Am liebsten wäre sie jetzt im Boden versunken. Es war schon schlimm genug, dass es diesen Film gab, aber noch furchtbarer war es, ihn im Beisein von Vater und Großvater auf einem Großbildschirm sehen zu müssen!

„Ähm", stammelte sie.

Jetzt konnte ihr nur noch die volle Wahrheit helfen und dabei war es gerade völlig egal, ob ihr jemand glauben würde.

Mit gesenktem Blick erzählte sie vom Weihnachtsmarkt, von den K.-o.-Tropfen und dem Aufwachen im Hotel am nächsten Morgen.

Keiner der drei anwesenden Männer sagte etwas zu ihr, bis sie mit ihrer Erklärung zum Ende gekommen war.

„So etwas in der Art habe ich mir auch schon gedacht!", entgegnete jetzt der Großvater.

Für einen Moment war Lissy verwirrt. Sie hob den Blick, schaute ihn an und schlug sofort die Lider nieder.

„Vermutlich wollte dieser Mann mit dem Film deine Schwester kompromittieren. Im Augenblick wünscht er sich sicherlich, er hätte niemals eine Kamera in die Finger bekommen und wenn unsere Anwälte mit ihm fertig sind, dann wird er gewiss heulend nach seiner Mama rufen!", erklärte der alte Mann ruhig.

Wahrscheinlich war jetzt nach ihrer Erklärung sein Zorn verpufft.

Ein wenig Hoffnung fiel in Lissy Herz, bevor sie sich wieder ihrer Lage bewusst wurde. Das Blut schoss ihr in den Kopf, denn so wollte sich wohl keine Tochter ihrem Vater gegenüber präsentieren müssen.

„Damit du keinen Blödsinn mehr anstellen kannst, bleibst du bis auf Weiteres hier im Schloss. Zumindest während es draußen Dunkel ist! Siegbert bringt dir dann deine Sachen auf dein Zimmer! Du kannst jetzt gehen!", erklärte der Großvater.

„Aber", entfuhr es Lissy unbedacht.

„Du kannst jetzt gehen und wenn du mir bis Weihnachten auch nur irgendeinen klitzekleinen Anlass dafür gibst, an dir zu zweifeln, dann wirst du erleben, wie du ohne Geld dein weiteres Leben bestreiten darfst! Haben wir uns verstanden?"

Sein Ton war ruhig und lauernd und ihr leises „Ja!" ging deshalb auch nicht unter.

„Und jetzt raus mit dir!", setzte der Großvater noch hinzu.

Mit gesenktem Kopf folgte sie Siegbert, denn auch der Kammerdiener hatte den Film gesehen!

„Ich hole dann ihr Gepäck!", erklärte der alte Mann, als sie den Saal wieder verlassen hatten.

Wie in Trance übergab sie ihm den Schlüssel und blickte ihm nach.

Der Diener stieg die Treppe hinab und ihr Blick folgte nach einem Schwenk den Stufen aufwärts.

Etwas schien sie von oben zu rufen!

Schritt für Schritt strebte sie über diese Wendeltreppe in den Turm hinauf.

Sie hatte es befürchtet, dass es obszöne Fotos gab, aber solch einen abscheulichen Film auch noch im Beisein der Verwandtschaft sehen zu müssen, das hatte ihr gerade irgendwie das Rückgrat gebrochen.

Mit hängenden Schultern schlich sie nach oben und war schon bald auf der Spitze des Turmes angelangt.

Die kalte Winterluft zwackte ihr ins Gesicht und sie trug nur die dünne Jacke, aber momentan war ihr das völlig egal.

Sie stand an jener Stelle, von der ihrer Ahnherrin Giseldis vor fast genau sechshundert Jahren in den Tod gesprungen war.

Die beschämenden Bilder waren unablässig in ihrem Kopf. Aus dieser Misere gab es nur noch einen Weg: nach unten! Mit Erdbeschleunigung!

Lissy beugte sich nach vorn und blickte hinab. Es mussten fast sechzig Meter bis zum Boden sein. Hoch genug, um wirklich sicher zu sein, dass sie es nicht überleben würde.

Umständlich stieg sie auf die Mauerbrüstung und setzte sich darauf. Einen letzten Moment wollte sie noch verweilen, dann hob sie ihren Kopf und ließ ihre Augen über die Gegend gleiten.

Dabei fiel ihr Blick auf das Dach des Hotels und dort wartete Britta auf sie. Sollte sie die Freundin nicht noch darüber informieren, dass sie nicht mehr auf sie zu warten brauchte?

Mit zitternden Fingern zog Lissy das Handy aus der Jackentasche und im selben Moment rutschte es ihr aus der Hand.

Das Mobiltelefon schlug auf die Mauerkrone auf und trudelte nach unten. Immer wieder prallte es dabei gegen die Wand des Turmes, bevor es irgendwo weit unter ihr unsichtbar auf den Boden aufschlug.

Der Sturz des Telefons holte Lissy zurück in die Realität. Das hier wollte sie nicht! Damit würde sie diesem Drecksack nur zugestehen, dass er gewonnen hatte!

Niemand durfte so mit ihr umgehen und es war auch nicht mehr das Jahr des Herrn 1417, dass sie den Weg der Giseldis wählen musste!

Umständlich und vorsichtig begab sie sich zurück auf die Plattform des Turmes und stieg die Treppe wieder hinab.

Unten wartete bereits Siegbert mit ihrem Koffer auf sie, aber sie konnte dem Mann nicht in die Augen sehen.

„Karla, die Magd, hat ihr Zimmer bereits vorbereitet!", sagte er und ging ihr voraus.

Eigentlich hatte sie ja vorgehabt, hier nicht zu schlafen, aber wenn sie dieses Zimmer ablehnen würde, dann blieb ihr ab Silvester nur noch irgendein Karton oder eine Bahnhofsmission als Unterkunft.

Das Gemach war allerdings schöner, als erwartete.

In den letzten Jahren hatte wohl doch jemand die Innenräume etwas wohnlicher gestaltet. Es wirkte wie das Zimmer in einem Hotel und damit stieg ihr wieder das Blut in den Kopf.

„Gräfin, sie konnten doch nichts dafür!", erklärte Siegbert.

Lissy nickte.

„Ich muss dann noch mal kurz los!", sagte sie noch und hielt ihm die Hand hin.

Der Kammerdiener legte ihr den Autoschlüssel in die Hand und bemerkte dann: „In einer Stunde wird es dunkel!"

Die Drohung des Großvaters fiel ihr wieder ein, Lissy nickte und rannte los.

14. Kapitel

Am Abend mancher Tage

Völlig außer Atem stand Lissy vor ihr in der Suite und hatte den Griff der Tür noch in der Hand.

„Ich habe nicht viel Zeit!", platze es aus der Freundin heraus und sie blickte auf ihre Armbanduhr. „37 Minuten, um genau zu sein", setzte Lissy hinzu.

„Was ist geschehen?", fragte Britta.

„Jim hat auch ein nettes Filmchen von mir gemacht und damit meinen Großvater erpresst. Er wollte fünf Millionen Dollar haben! Wenn ich bis Weihnachten nicht jede Nacht im Schloss wohne, dann werde ich enterbt und verstoßen! Und Nacht heißt bei meinem Großvater von der Abenddämmerung bis zum Sonnenaufgang!"

„So ein Drecksack!", entfuhr es ihr. „Jim meine ich, nicht deinen Großvater!", setzte sie noch schnell hinzu, weil ihre Aussage sicher auch anders gedeutet werden konnte.

„Ich habe versucht, dich zu erreichen", bemerkte sie.

„Mein Handy hatte einen bedauernswerten Unfall!", erklärte die Freundin und ließ sich auf den Sessel fallen, obwohl sie ja eigentlich in Zeitnot war.

Den Blick hatte sie daher ständig auf der Uhr.

„Und? War die Strafpredigt schlimm?", fragte Britta nach und setzte sich zu ihr.

„Die Standpauke nicht, aber es war nicht so toll, neben meinem Vater und Großvater zu stehen und dabei zusehen zu müssen, wie mich dieser Jim in den Arsch fickt!", brach es unvermittelt aus Lissy heraus.

„Entschuldige!", entgegnete Britta zerknirscht.

„Und was wird jetzt?", fragte sie nach.

„Am Tage darf ich aus dem Schloss, nachts bin ich da drin gefangen! Zumindest bis Weihnachten", erklärte Lissy jetzt viel gefasster. Der Ausbruch ihrer Wut hatte sie offenbar selbst überfordert.

„Du bringst mir also dennoch das Skilaufen bei. Oder?", erkundigte sich Britta.

„Natürlich! Morgen früh bin ich da und dann gehen wir erst mal shoppen. Ich brauche ja noch einen Skianzug", erwiderte Lissy.

Brittas Blick ging bei diesen Worten automatisch zu ihrem Schrank.

„Ja, ich weiß!", stöhnte Lissy auf und blickte auf ihre Armbanduhr. Gehetzt sprang die Freundin vom Sessel, umarmte sie schnell und rannte hinaus.

Es war noch nicht mal 16:00 Uhr! Was sollte sie jetzt machen? Zum Abendessen war es definitiv noch zu früh, wobei die Klöße immer noch im Magen waren.

Ein bisschen Bummeln würde wohl kaum schaden können. Vielleicht wusste Magda, wohin sie gehen konnte.

Britta zog sich an und stieg zur Lobby hinab. Zuerst würde sie für Lissy ein neues Handy kaufen müssen, damit sie dann im Kontakt bleiben konnten.

Magda beschrieb ihr den Weg bis zu dem Laden und da sie es nicht eilig hatte, schlenderte Britta die breite Straße entlang.

In der einsetzenden Dämmerung sahen die Lichter an den Läden und in den Fenstern einfach nur fantastisch aus, aber immer wieder verdrängten Lissys Worte den Zauber der besinnlichen Zeit aus ihrem Kopf.

Die Bilder waren schon schlimm gewesen, aber dass Jim auch noch ein Video von Lissy aufnimmt, um damit Geld zu erpressen, war einfach nur furchtbar.

Die Hände tief in den Taschen des Anoraks vergraben lief Britta auf dem Fußweg und es war seltsam, wie wenige Autos hier momentan unterwegs waren.

In ihrer Heimatstadt wäre sie um diese Zeit ohne Ampel kaum über eine Straße gekommen. Hier war alles viel entspannter.

Allerdings schlossen die Läden auch schon abends um fünf, wie sie gerade an einem Schild

96

bemerkte. Jetzt musste sie sich doch sputen, um noch das Telefon für Lissy zu kaufen.

Es war kurz vor 17 Uhr, als sie den Laden betrat. Ein älterer Mann räumte bereits zusammen und kehrte aus. Er zog die Augenbrauen hoch und blickte missbilligend zu Uhr, aber der große Zeiger war vor der Zwölf! Nicht viel, aber er war noch davor!

„Ich brauche ein Handy! Am besten eines ohne Vertrag!", erklärte sie und trat an den Verkaufstresen, während der alte Mann griesgrämig den Besen in die Ecke stellte.

Er zog drei Kisten aus dem Schrank und stellte sie wortlos vor ihr ab.

Die Preise waren allerdings beachtlich.

Zwar hatte sie ja das Geld von Lissy erhalten, aber sie wollte gerade nicht alles für ein Telefon ausgeben!

„Gibt es da nichts Preiswertes?", fragte sie zweifelnd nach.

Der Alte kratze sich am Kopf und blickte erneut zur Uhr.

Schließlich bückte er sich und holte einen anderen Kasten heraus. „39,95 Euro mit Prepaid!", erzählte er schnell.

Britta zahlte und verließ das Geschäft.

Hinter ihr schloss der Mann ab und die Uhr im Kirchturm schlug genau fünfmal.

Ringsum gingen in den Geschäften die Lichter aus. Man hätte sagen können: Der Bordstein wurde soeben hochgeklappt!

War schon zuvor nicht viel los gewesen, so erstarb die Stadt jetzt zusehends.

Keine fünfzehn Minuten später war Britta alleine auf der Straße. In Filmen würde jetzt sicherlich das obligatorische Präriegras durch die Gassen wehen, aber es war ja Winter!

Damit konnte sie jetzt schlendernd den Heimweg antreten.

An einem Laden blieb sie dennoch stehen.

Es war ein Juweliergeschäft! *„Nachmieter gesucht!"*, stand auf einem Schild im Schaufenster.

Fragend blickte sie in den dunklen Raum hinein. War das ein Zeichen des Schicksals?

Möglicherweise!

Doch im Moment begann der Winterwind ihr in die Wangen zu zwicken und darum eilte sie zurück in ihr warmes Hotel.

Magda begrüßte sie in der Lobby und einen Augenblick später saß sie bei heißem Tee und einem leckeren Salat in einer Ecke des Gastraumes.

Der Kachelofen neben ihr hatte genau die richtige Temperatur. Gemütlich war es und sie fühlte sich wie bei ihrer Großmutter, die früher auch solch einen Wärmespender in ihrer guten Stube gehabt hatte.

„Brauchen sie noch was?", erkundigte sich Magda.

„Nein! Alles gut! Der Tee ist fabelhaft!"

„Kommt ihre Freundin noch? Lissy Wolf war doch ihr Name?", entgegnete Magda.

„Die muss noch was mit ihrer Familie klären und deshalb reist sie heute nicht mehr an!", antwortete sie der Wirtin.

Magda nickte und eilte zum nächsten Gast.

Sie schaute ihr nach und hatte dabei wieder den Aushang im Blick. Tanzen wäre nicht schlecht, aber konnte sie Lissy das antun? Sich hier amüsieren, während die Freundin so schrecklich litt?

Es war nur ein schwacher Trost, dass der Tanz erst am Abend begann und Lissy da bereits auf ihrem Schloss sein würde.

Jetzt glitt Brittas Blick über die anwesenden Gäste. Alle trugen hier Dirndl oder Tracht und sie hatte eigentlich kein Kleid zum Tanzen mitgenommen.

Sachen zum Skilaufen schon, aber eben nichts zum Ausgehen.

Allerdings wollte Lissy ja am nächsten Tage sowieso shoppen gehen und ein Dirndl als Erinnerung an diesen Urlaub wäre sicher eine gute Investition.

Oder nicht?

Später würde sie das wohl kaum noch tragen können.

Grübelnd stieg sie anschließend auf ihr Zimmer hinauf.

In der Minibar stand eine Flasche Rotwein und Magda hatte ein paar Teelichter sowie ein Feuerzeug auf ein Schränkchen gelegt.

Ein Gedanke jagte durch Brittas Kopf: im Bad gab es eine Wanne, sie hatte Kerzen und Rotwein.

Das würde doch ein entspannter Übergang zur Nachtruhe werden!

Sofort ließ sie sich die Wanne ein, entzündete die Lichter im Bad und legte sich mit dem Wein in das warme Wasser mit duftendem Schaum.

Der Wein war köstlich, Britta lehnte sich zurück und der Urlaub begann jetzt erst richtig!

15. Kapitel

Nachts sind alle Katzen grau

Gerade noch rechtzeitig war Lissy wieder auf dem Parkplatz vor dem Schloss eingetroffen und die Sonne versank, als sie an der Tür klopfte.

Siegbert öffnete, nickte ihr zu und ließ sie ein. Der alte Kammerdiener war dem Großvater seit Jahrzehnten treu ergeben und würde jede Verfehlung ihrerseits sofort melden.

Im Moment musste sie daran denken, dass auch er sie in jener so entwürdigenden Stellung gesehen hatte.

Das Blut schoss ihr in den Kopf und sie wollte an ihm vorbei in ihr Zimmer rennen, als er sie mit den Worten stoppte: „Ihr Großvater wartet mit dem Abendessen im Saal auf sie!"

„Ich würde gern ohne Essen in mein Bett!", entgegnete Lissy und versuchte dabei auch weiterhin dem alten Mann nicht ins Gesicht zu sehen.

„Nein! Er besteht darauf!", erwiderte er.

Seufzend nickte Lissy und machte sich auf den Weg, die Treppe hinauf zum Saal.

„Und mein Vater?", fragte Lissy vor der Tür.

„Der Herr Graf ist bereits abgereist!", erwiderte der Diener, klopfte an die Tür und zog diese danach auf.

Abermals trat Lissy in den Saal, der Fernseher war verschwunden und der Großvater saß mit einem Buch am Kamin.

Mit gesenktem Blick trat sie näher und der alte Mann erhob sich ächzend aus seinem Sessel.

„Siegbert, die Mägde können jetzt auftragen!", sagte er.

Der Kammerdiener verschwand nach einer Verbeugung aus dem Raum und jetzt stand Lissy alleine vor dem Großvater.

„Das mit dem Film tut mir so unendlich leid", stammelte sie.

„Du kannst ja nichts dafür", entgegnete er sehr sanft.

Lissys Kopf zuckte hoch. Was war hier los? War das noch derselbe Mann, der sie Stunden zuvor angebrüllt und dermaßen verletzend beschimpft hatte?

„Ich habe mich in dem Buch mal schlau gemacht. Ich hatte ja keine Ahnung, was da alles so in der Welt geschieht! Zu meiner Zeit gab es so etwas noch nicht", setzte Großvater fort.

Er deutete mit der Hand zum Tisch und schob ihr sogar den Stuhl zurecht.

Hinter ihr stehend erklärte er: „Ich werde dich aber dennoch aus der Schusslinie nehmen müssen, damit du keinen Blödsinn mehr machst! Gib mir deinen Autoschlüssel!"

Fragend blickte Lissy zu ihm auf und zog den Zündschlüssel aus der Tasche.

Großvater hielt ihr die Hand hin und sie legte den Schlüssel zu ihrem geliebten Wagen auf seine Handfläche.

„Drei Dinge erwarte ich von dir und die sind nicht verhandelbar: Nachts bleibst du im Schloss, du trinkst keinen Alkohol mehr und du machst dich ein bisschen hier nützlich, damit ich sehen kann, dass dir unsere Tradition am Herzen liegt!", erklärte er weiter.

Zweifelnd blickte sie ihn an. Nützlich machen? Was erwartete er von ihr? Mit dem Besen durch die Gänge flitzen? Sie war nie der ordentliche Typ gewesen!

Offenbar bemerkte er ihren Zweifel.

„Du könntest ja die Bibliothek mal etwas ordnen und die Bücher nach deiner Vorstellung sortieren", deutete er an und ging auf seinen Platz.

Die Mägde kamen und trugen unter Siegberts Leitung das Essen auf.

Der Kammerdiener füllte galant ihr Glas mit einem köstlichen roten Wein, der ein wunderbares Bukett entwickelte, aber hatte der Großvater nicht gerade eben jeden Tropfen Alkohol verboten?

Zweifelnd blickte sie zu ihm hinüber.

„Könnte ich lieber einen Hagebuttentee bekommen?", fragte sie den Diener und sah das Lächeln in Großvaters Gesicht für einen Wimpernschlag, bevor sein Antlitz wieder erstarrte.

Es war ein Test gewesen!

Und dabei roch der Wein doch so herrlich!

Das würden furchtbare zwei Wochen werden! Kein Auto und kein Alkohol bis Weihnachten. Und danach?

Das Essen war zweifellos köstlich und anschließend machte sich Lissy auf den Weg zu ihrem Zimmer.

Wenn der Vater bereits abgereist war, dann waren nur noch der Großvater, Siegbert und die beiden Mägde in dem riesengroßen Gebäude.

Und sie selbst natürlich.

Dunkel und drückend wirkten die alten Gänge auf sie. Hell und freundlich hingegen war ihr Zimmer eingerichtet.

Jetzt erst hatte sie Zeit, es sich wirklich genau anzusehen. Da war sicherlich eine Innenarchitektin am Werke gewesen, denn man spürte in jedem Detail des Zimmers die weibliche Hand.

Sogar einen Fernseher gab es in einem Schränkchen. Und eine leere Minibar! Oder nicht ganz leer, denn eine Tafel Schokolade lag darin. Eine Art von Seelentröster für die Nacht!

Siegbert hatte alle ihre Sachen ordentlich in den Schrank räumen lassen.

Es klopfte und der Diener trat ein.

„Brauchen sie noch etwas?", fragte er.

„Nein, danke!"

„Dann wünsche ich ihnen eine schöne Nacht!", entgegnete Siegbert und ging nach einer Verbeugung.

Lissy legte ihre Sachen ab, holte ihr Nachthemd und ging ins angrenzende Bad. Auch das war wirklich traumhaft, aber beim Anblick der Dusche sah sie wieder die Bilder aus dem Film vor sich.

Warum hatte der Großvater ihr nicht einfach nur gesagt, dass es dieses verdammte Video gab?

Nackt stand sie vor der Kabine und traute sich nicht hinein.

Also wusch sie sich nur im Waschbecken und ging danach in ihr Schlafzimmer.

Nachdem sie sich ins Bett gelegt hatte, und das Licht erloschen war, kamen erneut diese verfluchten Bilder hoch. Die würden da sicherlich auch nicht so schnell wieder verschwinden und in der Bar war nichts, um sie zu vertreiben!

„Stell dich deinen Ängsten", hatte Margot ihr vor Jahren gesagt.

Lissy schaltete das Licht wieder ein, erhob sich und machte im Nachthemd die Yogaübungen, welche die Freundin ihr vor Jahren beigebracht hatte.

Wenn man mit allen Gedanken bei der Atmung war, dann hatte anderes keinen Platz mehr im Kopf.

Irgendwo im Gang vor ihrem Zimmer schepperte es und Lissy zuckte mitten in einer Übung zusammen. War da jemand auf dem Flur? Die Türen hier hatten alle keinen Schlüssel!

Abermals klirrte etwas draußen, jetzt allerdings schon viel näher an ihrer Zimmertür. Das hatte sie schon als Kind an diesem Kasten gehasst! Damals konnte sie sich an die Mutter ankuscheln, jetzt war sie ganz alleine!

Wer konnte da draußen sein? Sie würde nachsehen müssen, um nicht in der Furcht zu bleiben.

Es war fast Mitternacht, wie ein Blick auf ihren Wecker verriet. Gespenster zur Geisterstunde? Dann ging deren Uhr allerdings vor!

Sie blickte sich um, ob sie irgendetwas hatte, womit sie sich eventuell wehren konnte. Im Gang stand eine Rüstung mit einem Schwert, aber die war eben draußen! Mit einem Sprung konnte sie dort sein, allerdings musste sie dazu die Zimmertür öffnen!

Erneut klirrte etwas, Lissy riss die Tür auf und sprang an die gegenüberliegende Wand.

Es war komplizierter, als gedacht, der Rüstung das Schwert zu entwinden, da dieses daran befestigt war.

Nachdem die Rüstung polternd in den Flur gefallen war, bemerkte Lissy ein kleines graues Kätzchen, das ob des Lärms einfach Kopfschütteln im Gang vor ihr stehengeblieben war.

„Mach doch nicht so einen Lärm!", fuhr sie die Katze an, die danach miauend ihrer Wege ging.

16. Kapitel

Freundinnen teilen alles

Diese erste Nacht in dem Hotel in den Bergen war einfach nur wunderbar gewesen. Gerade erst war Britta erwacht und lag noch in dem Bett, dessen Matratze genau die richtige Härte gehabt hatte.

Bis weit nach Mitternacht hatte sie in der Wanne gelegen, dann war das Wasser zu kalt geworden. Sie hatte leider erst zum Schluss bemerkt, dass da auch versteckte Sprudeldüsen angebracht waren, doch damit hatte sie jetzt etwas, worauf sie sich den ganzen Tag freuen konnte.

Es war Donnerstag und am nächsten Abend würde hier Tanz sein und dazu brauchte sie unbedingt noch ein Kleid und Tanzschuhe! Aber sie wollten heute sowieso erst mal ausgiebig einkaufen gehen.

Sie dachte zurück, wie lange der letzte richtige Tanz eigentlich schon her war. Sicherlich waren es bereits Jahre! Partys hatte es seit dem zu Hauf gegeben, aber waren die Feiern hier ähnlich? Nur schwer konnte sie sich vorstellen, dass im Festsaal des Hotels ein DJ irgendwelche Platten auflegte.

Blasmusik und Schlager waren da wohl eher zu erwarten.

Wie tanzte man noch mal den Disko-Fox? Die Schritte fielen ihr nicht mehr ein, vielleicht kamen die dann mit der Musik zurück, allerdings war die Tanzstunde bereits einige Jahre her!

Zumindest kamen jetzt erst einmal die Dusche und danach das Frühstück.

Sie verließ notgedrungen das kuschlig warme Bett, trat an das Fenster und zog die Gardinen zur Seite.

Der Hang gegenüber wurde soeben von den ersten Sonnenstrahlen getroffen und das sah einfach nur traumhaft aus. Dann fiel ihr Blick auf den Turm der Burg und sie fragte sich, wie es wohl der Freundin dort ergangen war.

Das Handy war indes über Nacht voll aufgeladen, wie ein Blick auf das Display zeigte, und damit würde sie ab dem Abend mit Lissy in Verbindung bleiben können.

Nur schwer konnte sie sich freilich gerade von dem Anblick der malerischen schneebedeckten Berggipfel losreißen, aber in wenigen Minuten würde Lissy bestimmt hier wieder in das Zimmer stürmen!

Schlendernd und gut gelaunt ging sie zum Badezimmer, stieg unter die Dusche und ließ das heiße Wasser erst mal ein paar Minuten auf sich herabfallen.

Es war eine wundervolle Regendusche, die sie schon immer mal ausprobieren wollte. Ihr Vermieter würde nie im Leben zustimmen, solch ein

Luxusteil in ihrem Bad zu installieren, aber vielleicht sollte sie sich das als Weihnachtsgeschenk selber gönnen.

Geld dafür hatte sie dank Lissy momentan genug, allerdings war ihr der Geldregen immer noch etwas suspekt. Niemand schenkte doch einfach jemanden mehr als zehntausend Euro für nichts.

Und das Hotel zahlte die Freundin auch noch!

Lissys Hintergedanken waren es wohl, dass sie daher der Freundin zur Seite stand und nach deren Beschreibung vom Abend zuvor war das momentan wohl auch bitter nötig.

„Ach! Hier bist du!", bemerkte die Freundin, die gerade in das Bad trat. „Kann ich auch noch duschen?", fragte sie, während sie sich schon die Sachen auszog und einfach zu Boden fallen ließ.

„Einen Moment noch!", entgegnete Britta ihr, weil sie sich noch nicht gewaschen hatte.

„Ach quatsch, da ist doch noch Platz!", rief Lissy und sprang zu ihr unter die Dusche.

Platz war wirklich, aber es wurde dabei etwas eng.

Ein wenig unangenehm war ihr das jetzt aber doch, zumal sie auch noch von Lissys Vorlieben für Frauen wusste und sie diese nicht teilte.

„Wie war deine Nacht?", versuchte sie daher die Freundin auf andere Gedanken zu bringen.

„Obwohl mir mein Großvater jeden Tropfen Alkohol verboten hat, hatte ich heute früh dennoch einen Kater. Er ist grau, hat ein weiches Fell und heißt Mäxchen!", erzählte Lissy schmunzelnd.

Spielte die Freundin gerade die starke Frau, oder hatte sie die Erlebnisse des Vortages schon überwunden?

„Warum hast du eigentlich nicht im Schloss geduscht?", fragte Britta die Freundin jetzt.

Die lächelnde Fassade bekam einen Riss.

„Ähm", erwiderte Lissy und wusste wohl für einen Augenblick nicht, was sie antworten sollte.

„Auf dem Video war ich auch mit Jim unter der Dusche, während er mich von hinten", erklärte sie nach einer Weile.

„Verstehe", gab Britta ihr zurück und erkundigte sich dann: „Und dennoch gehst du mit mir unter die Dusche?"

„Von dir droht mir doch da keine Gefahr", antwortete Lissy und wusch sich die Haare.

„Mir schon eher", flüsterte Britta.

Offenbar hatte es Lissy dennoch gehört, denn sie erwiderte: „Du meinst Margot und mich? Ja, wir haben auch oft zusammen geduscht, allerdings immer erst nach dem Liebesspiel!"

Da klang so ein gefährlicher Unterton mit. Erst nach ...

„Na dann ist es ja gut!", antwortete Britta schnell und erhielt einen Kuss von der Freundin, der sie allerdings zurückzucken ließ, denn das war kein freundschaftlicher Kuss gewesen!

Spielte Lissy gerade mit ihr? Oder war es ihr damit ernst?

Jetzt beeilte sie sich, aus der Gefahrenzone zu kommen. Geschwind wusch sie sich sauber und sprang danach aus der Kabine.

„Freundinnen teilen doch alles!", erklärte Lissy und setzte hinzu: „Zuerst die Dusche, dann das Frühstück und zum Schluss die Kreditkarte!"

„Solange es nicht das Bett ist", entfuhr es Britta leise und sie trocknete sich zügig ab.

Ihr letzter Einwand war vermutlich im Geräusch der Dusche untergegangen, denn Lissy ignorierte ihn.

Allerdings hatten sie ja bereits einmal das Bett geteilt!

Britta eilte in ihr Schlafzimmer, damit sie angezogen war, bevor Lissy mit dem Duschen fertig sein würde.

Auf dem großen Tisch im Aufenthaltsraum war das Frühstück bereits aufgetafelt, also musste jemand vom Personal in der Suite gewesen sein, als sie unter der Dusche gestanden hatte.

Hatte sie vergessen, den Riegel vorzulegen? Oder hatte Lissy den Pagen in das Zimmer gelassen? Vermutlich ja, denn die Freundin hatte ja das Frühstück angesprochen.

Während Britta noch grübelte, trat Lissy pfeifend aus der Dusche. Jetzt war sie wieder selbstsicher und stark, aber die schützende Maske hatte bereits Risse bekommen.

Sie setzten sich und begann das üppige Mahl, das wirklich richtig lecker war.

„Bringst du mir dann morgen das Skilaufen bei?", fragte Britta schließlich.

Lissy nickte mit vollem Mund.

Eine halbe Stunde später schlenderten sie durch die Einkaufsstraße. Erneut zog der geschlossene Schmuckladen ihr Interesse an.

Vor dem Schaufenster stehend streifte sich Lissy plötzlich ihren Ring vom Finger und sagte: „Ich würde dir den hier gerne für deine Hilfe schenken!"

Britta bekam den Mund nicht mehr zu.

Mit diesem Schmuckstück hatte ihre Freundschaft begonnen und sie wusste ganz genau, was es gekostet hatte!

„Ähm", räusperte sie sich, doch Lissy steckte ihr einfach den teuren Brillantring an den Finger, als wäre es nichts, oder er wäre aus einem Kaugummiautomaten.

Ging sie damit nicht noch eine tiefere Bindung zu Lissy ein?

„Du musst dich dadurch zu nichts verpflichtet fühlen", setzte die Freundin hinzu und doch war es genau das, was sie momentan in sich verspürte.

„Das kann ich nicht annehmen", lehnte sie ab.

Doch die Freundin bestand darauf, dass sie den Ring am Finger behielt.

Das war fast ein Jahresverdienst!

„Und jetzt kaufen wir die Sachen!", erklärte Lissy, ließ sie stehen und ging zu einem Bekleidungsgeschäft hinüber.

17. Kapitel

Stell dich deiner Angst!

*U*m den Ring hatte es in dem Kaufhaus noch eine ziemlich heftige Auseinandersetzung gegeben. Britta wollte ihn nicht und sie mochte ihn auch nicht wieder zurücknehmen.

Erst als die Freundin gesagt hatte: „Mit dem Ring hat unsere Freundschaft begonnen und ich will nicht, dass sie damit endet", hatte sie zwar eingelenkt, aber jetzt lag der Schmuck sicher verwahrt im Tresor des Hotelzimmers.

In der Suite hatten sie auch die Taschen mit den Skisachen abgestellt und gerade waren sie zusammen auf dem Weg hinauf zur Burg, weil die Freundin unbedingt sehen wollte, wo und wie sie wohnte.

Da der Großvater ihr das Auto nicht wiedergegeben hatte, waren sie eben zu Fuß dorthin aufgebrochen.

Schnaufend und schwitzend, trotz der Kälte, erklommen sie den steilen Burgberg.

Eigentlich war Lissy fit, aber gerade hatte sie keine Luft zum Reden mehr und Britta neben ihr ging es offensichtlich genauso.

Wie Nebelschwaden flog ihr Atem in der kalten Winterluft davon.

Gedankenvoll lief Lissy langsam hinauf und erörterte für sich selbst ihre missliche Situation. Margot hätte jetzt gewiss gesagt: „Du wandelst auf verdammt dünnem Eis!" Dem war tatsächlich so und ihr Ausraster Britta gegenüber zeigte ihr nur zu deutlich, wie fragil es wirklich war.

Lissy konnte es in ihren Gedanken knacken hören! Sie würde sich ihrer Angst stellen müssen, oder die Furcht würde sie über kurz oder lang von innen heraus zerstören.

Vielleicht hatte der Großvater mit dem Fußmarsch bezwecken wollen, ihr Zeit zum Nachdenken zu geben.

Unendlich viele Schritte später standen sie auf dem Parkplatz, wo ihr geliebter Wagen jetzt unter einer Plane verborgen war. Die hatte Siegbert sicher in ihrer Abwesenheit über den Silberpfeil gezogen.

Mit dem Auto hätte die Strecke keine fünf Minuten gedauert, zu Fuß waren es mehr als vierzig gewesen!

Britta stand schnaufend neben ihr und blickte an dem Schloss empor. Es war ihr deutlich anzusehen, dass sie das Bauwerk bewunderte. Offenbar sah die Freundin darin etwas anderes, als sie selbst erkannte.

„Das ist ja wunderschön und wie im Märchen!", entfuhr es ihr, den Kopf weit ins Genick gelegt.

„Na ja! Wie man es nimmt!", entgegnete Lissy und trat zum Tor.

„Kommst du?", fragte sie nach einem Moment des Wartens, über die Schulter zurück, bevor sie klopfte.

Siegbert öffnete eine Minute später. Er begrüßte sie mit einer Verbeugung und den Worten: „Frau Gräfin."

„Das ist Britta Thiess, ich werde ihr das Haus zeigen!", erklärte sie ihm.

„Fräulein Thiess, bitte treten sie ein!", begrüßte der alte Diener jetzt die Freundin.

Im Eingangsbereich fiel Lissys Blick auf eines der Bilder und sie erinnerte sich an die Worte des Großvaters. Er wollte, dass sie sich mit der Familientradition befasst und daher beschloss sie, der Freundin jetzt etwas von der Familie zu berichten.

„Dann beginnen wir mal mit der Privatführung!", bemerkte sie, während Siegbert ihre Mäntel zur Garderobe trug.

Vor Jahren hatte der Vater sie einmal wochenlang mit der Geschichte des Adelsgeschlechtes derer zu Wolfenfels gequält und momentan versuchte sie sich daran zu erinnern.

Siegbert trat unauffällig in ihre Nähe und er würde dem Großvater später sicher über jedes einzelne ihrer Worte Bericht erstatten.

„Hier siehst du Adalbert, Ritter zu Wolfenfels. Mit ihm hat mal alles hier angefangen. Der

116

König hat ihm diesen Steinhaufen überlassen, auf dem er diese Burg vor mehr als 650 Jahren errichtet hat. Vorher stand hier die Hütte einer Kräuterfrau mitten im Wald", begann sie.

Siegbert nickte bestätigend.

Jetzt wurde Lissy selbstsicherer und zog, mit der Freundin und Siegbert im Schlepp, von Raum zu Raum, von Bild zu Bild.

All die Gemälde der alten Verwandten und Ahnen hingen hier und sahen auf sie herab.

„Das da ist Friedhelm, der hat im Bauernkrieg einen Aufstand blutig niedergeschlagen … hier siehst du Gräfin Carola, die am Hofe König Maximilians gelebt hat … das da ist Gräfin Hannelore, die war mit Kaiserin Sissi verwandt."

„Aber nur entfernt", ließ sich Siegbert aus dem Hintergrund vernehmen.

„Ja, in etwa so, wie ich mit Mary Stuart!", erwiderte Lissy.

„Ich habe kein Bild von Giseldis gesehen", warf Britta jetzt ein.

„Von ihr wirst du hier auch kein Porträt finden. Sie war genauso ein schwarzes Schaf, wie ich eins bin. Von mir wird hier ebenfalls niemals eines hängen. Von meiner Schwester Franziska schon!", erklärte Lissy und zeigte auf das letzte Gemälde in der langen Ahnenreihe.

„Du hast mir erzählt, dass Giseldis in den Tod gesprungen ist. Ist daher hier kein Bildnis von ihr? Weil sie eine Selbstmörderin war?", fragte Britta nach.

„Ja und Nein. Sie war schwanger von einem Stallknecht und ist daher vom Turm gesprungen. Das war im Sommer 1417, da war der Burgturm gerade mal fertig gebaut!", äußerte Lissy.

Dann schob sie die Tür der Bibliothek auf und sagte: „Und hier findest du mein neues Betätigungsfeld. Großvater, dessen Bild du da drüben siehst, möchte, dass ich hier etwas Ordnung mache!"

„Oh! Mein! Gott!", stöhnte Britta auf und trat in den Raum.

Tausende Bücher standen in endlosen Regalen, die sich vom Boden bis zur Decke hinzogen.

„Ja! Das kann Jahre dauern! Aber ich muss dafür nicht ins Kloster", entgegnete Lissy und setzte sich in einen der Sessel, während die Freundin durch die Gänge strich und die prächtigen Bücher bewunderte.

Lissy fühlte den Blick der Schwester in ihrem Nacken. Sie drehte sich über die Schulter zurück und sah das Porträt der zukünftigen Königin an. Selbstverständlich würde es hier nie eines von ihr selbst geben, aber im Kopf hatte sie gerade wieder die anderen Bilder.

Sie würde sich dem Video stellen müssen und durch den Schmerz gehen, denn nur so konnte er heilen.

Zumindest hatte das Margot immer gesagt.

Mäxchen sprang auf ihren Schoß und holte sie damit in den gegenwärtigen Moment zurück.

„Na, du Rumtreiber?", begrüßte sie den Kater.

Siegbert stand an der Tür und schien auf Anweisungen zu warten.

Vielleicht war jetzt der Moment, wo sie mit Britta zusammen sich noch einmal den Film ansehen konnte, um ihn für sich zu verarbeiten.

„Ähm, Siegbert", begann sie.

„Frau Gräfin!", entgegnete er und trat einen Schritt näher.

„Könnten sie mir diesen Film besorgen? Dieses Video, sie wissen schon, wo ich mit diesem Jim …", erklärte sie und sah, wie er die Augenbrauen hochzog.

„Selbstverständlich, wenn sie das wirklich wollen!"

„Ich muss mir den ansehen, um mich meiner Angst zu stellen!", erwiderte sie.

„Ich bringe ihnen den auf ihr Zimmer!", antwortete der Diener, verbeugte sich und ging.

„Würdest du ihn dir bitte mit mir zusammen ansehen?", fragte sie leise die Freundin, die gerade zu ihr trat und den kleinen Kater hinter den Ohren kraulte.

Britta nickte einfach wortlos.

Jetzt musste sie nur noch von diesem Platz aufstehen und nach oben gehen.

Die Furcht hielt sie im Sessel, aber die musste weichen. Jetzt!

18. Kapitel

Soll ich, oder lieber nicht?

*D*as Video war schockierend gewesen und sie hatte sich mit Lissy wirklich die ganze Länge dieses widerlichen Machwerkes angetan. Von der Freundin mehr oder weniger dazu gezwungen, hatte Britta einfach stumm und angeekelt zusehen müssen.

Momentan lag sie in der warmen Wanne in ihrem Hotelzimmer, starrte an die Decke und hatte dabei immer wieder diese verstörenden Bilder vor sich.

Jim hatte es so aussehen lassen, als wäre Lissy mit Freude dabei gewesen und man musste schon ganz genau hinsehen, um die Inszenierung zu bemerken.

Das konnte man nicht einfach so, dazu musste man das lange genug gemacht haben, bis Licht und Perspektive so waren, um diesen Eindruck zu erwecken.

Offenbar tat Jim das öfters und Britta wollte sich lieber nicht ausmalen, wie viele Frauen dieser Drecksack durch solche Machenschaften schon ins Verderben gestürzt hatte.

Nach Lissys Worten war er allerdings jetzt an die falsche gekommen, denn die Freundin hatte ihr erzählt, dass deren Großvater schon seine

Anwälte mit der Klärung des Sachverhaltes beauftragt hatte.

Wenn es nach Lissy gegangen wäre, dann hätte Jim jetzt mit den Füßen in einem Kübel voller Beton irgendwo in den Tiefen eines klaren und kalten Bergsees gestanden.

Britta wollte diese unnützen Gedanken aus dem Kopf bekommen und blickte darum an die gegenüberliegende Wand, denn dort hing momentan an einem Haken dieses wunderschöne Kleid!

Lange hatte sie mit sich gerungen, ob sie in Anbetracht von Lissys Situation wirklich zum Tanz gehen sollte, aber auf dem Heimweg war sie dann doch noch in den Laden gegangen, um dieses Dirndl zu kaufen.

Es war ein ziemlicher Kontrast zu dem Film zuvor gewesen, als sie mit der Verkäuferin die Tracht ausgesucht hatte.

Bettina war in ihrem Alter und hatte keine Karte für die Weihnachtsfeier der Feuerwehr mehr bekommen und da Lissy ja nicht mit kommen würde, hatte Bettina jetzt deren Eintrittskarte.

Bis weit nach neunzehn Uhr hatten sie zusammen nach diesem Kleid gesucht. Sicherlich von Bettinas Seite aus Dankbarkeit für die Einladung, denn eigentlich war das Geschäft da bereits seit Stunden geschlossen.

Nach ewigen Anproben und unzähligen Wäschewechseln hatten sie sich dann gemeinsam auf dieses Gewand geeinigt. Es war einfach nur ein Traum aus Stoff und Spitze, wenn auch nicht ganz billig.

Bei den Anproben waren sie auch auf das danebenliegende Juweliergeschäft zu sprechen gekommen. Die Besitzerin hieß auch Britta und hatte es zusammen mit ihrem Vater betrieben, der allerdings vor zwei Monaten verstorben war.

Britta konnte es nicht alleine weiterführen, weil sie keine Goldschmiedemeisterin war. Es war schon seltsam, dass sie jetzt jeden Tag immer wieder an diesem Geschäft vorbeigeführt, oder durch irgendetwas dorthin gezogen wurde.

Sie war Meisterin und wollte gern in der Branche arbeiten und die andere Britta suchte händeringend jemanden, der das konnte.

Mit dem Blick auf das Kleid fragte sich Britta gerade abermals, ob sie damit wirklich zum Tanz gehen sollte.

War es richtig, sich zu amüsieren, während Lissy so schrecklich litt? Sollte sie es tun? Oder lieber lassen?

Gerade hätte sie jemanden gebraucht, um darüber zu reden, aber das durfte natürlich nicht Lissy sein, denn sie würde die Freundin mit dieser Frage nur belasten oder beleidigen.

Abermals fiel ihr der Streit um den Ring ein. Der Brillantring! Wenn sie den verkaufen würde, dann hätte sie genug Geld, um mit der anderen Britta den Laden weiterzuführen, aber das fühlte sich gerade irgendwie falsch an.

Und schon waren ihre Gedanken wieder bei Lissy.

Nach diesem abscheulichen Video hatte sie die Freundin tröstend in den Arm nehmen wollen, doch Lissy hatte das vehement abgelehnt.

Es schien seltsam, dass Lissy nach diesen grausamen Bildern stärker schien, als sie es zuvor gewesen war.

Britta konnte nur hoffen, dass die Freundin wusste, was sie da tat.

Zumindest hatte sie versprochen, ihr am nächsten Tag das Skilaufen beizubringen.

Abermals fing das Dirndl ihren Blick ein. Das Kleidungsstück wollte unbedingt noch einmal angezogen werden! Es schrie praktisch danach!

Sie erhob sich aus der Wanne, trocknete sich sorgfältig ab und zog sich danach die Tracht über die nackte Haut.

Der Stoff war herrlich weich und die Verschnürung sorgte dafür, dass das Gewand auch obenrum ganz wundervoll passte, sogar ohne Bustier!

Der Spiegel präsentierte ihr ein Bild, dass sie selbst gern von sich sah. Lissys Worte fielen ihr wieder ein, sie war wirklich perfekt. Zumindest in diesem Kleid!

Nach ein paar Tanzschritten vor dem Spiegel fiel dann doch die Entscheidung zugunsten des Feuerwehrballes am folgenden Abend.

Allerdings würde sie dabei ihr Glas immer im Blick behalten und sich kein Getränk ausgeben lassen. Das Schicksal der Freundin war ihr momentan Warnung genug.

Niemals wollte sie diese Erfahrung machen müssen!

Vorsichtig zog sie sich das Kleid wieder aus und hängte es in den Schrank, damit es Lissy am nächsten Tage nicht zufällig sehen würde.

Mittlerweile war es auch schon wieder Mitternacht geworden und somit begann der Ball bereits am selben Tag!

Britta ließ das Wasser aus der Wanne, zog sich das Nachthemd über und schlüpfte in ihr Bett. Sie schaltete das Licht ab und in der Finsternis hatte sie wieder den Film im Kopf.

Warum taten Männer Frauen so etwas an? Jim hatte es getan, um Geld zu erpressen, aber sicherlich nicht nur deswegen! Es war eine Art der Machtausübung und der Unterdrückung der Frauen!

Normalerweise hätte man Jim dafür sofort in den Knast bringen müssen, doch er hatte es so eingefädelt, dass Lissy vergessen hatte, die Beweise zu sichern. Damit würde in einem Prozess seine Aussage gegen die der Freundin stehen.

Und in dem Film hatte es den Anschein, dass Lissy den Sex mit ihm ebenfalls wollte!

Es würde auf einen Freispruch Jims und eine erneute Demütigung Lissys hinauslaufen!

Und abermals bewunderte sie die Freundin dafür, wie souverän sie mit dem ganzen Desaster umging. Sie, in ihrer Lage, wäre wohl vom Turm gesprungen.

Erneut versuchte Britta, die düsteren Gedanken zu verscheuchen. Da war solch ein tiefer Hass auf Jim in ihr, dass sie sich vor sich selbst fürchtete.

Wenn der Mann jetzt hier wäre, sie würde ihn nicht lebend aus dem Raume lassen und diese Feststellung schockierte sie beinahe mehr, wie die Tat des Mannes.

19. Kapitel

Verdrängt oder verarbeitet?

*L*issy saß in ihrem Zimmer, Britta war vor einer Weile aufgebrochen und jetzt kam die Einsamkeit in ihr hoch. War es wirklich so eine gute Idee gewesen, sich diesen widerlichen Streifen anzusehen?

Bisher hatte sie es erfolgreich verdrängt, doch schon Margot hatte ihr damals gesagt, dass Verdrängen keine Lösung auf die Dauer war.

Es musste verarbeitet werden, doch konnte man das so einfach?

Der Fernseher war aus, aber sie sah immer noch die Bilder darauf. Mehr als eine Stunde lang hatte Jim sie sexuell missbraucht, da sie ja nicht hatte zustimmen können.

Diese Erkenntnis musste jetzt erst mal in ihrem Kopf ankommen und verarbeitet werden.

Beim ersten Ansehen der Bilder hatte sie noch vom Turm springen wollen und jetzt? Sie saß im Sessel und starrte vor sich hin.

Der einzige Trost war, dass sie nichts daran hatte ändern können, denn sie hatte den Glühweinbecher auch nicht einen einzigen Moment aus den Augen gelassen.

Wie hatte Jim es nur geschafft, ihr dennoch die Tropfen zu verabreichen? Das war jetzt die einzige Frage, die sie noch hatte.

Lissy erhob sich von ihrem Platz und ging grübelnd im Zimmer umher.

Einst hatte sie sich vor diesem düsteren Schloss gefürchtet, doch augenblicklich war da eine ganz andere Angst in ihr, die sie unbedingt bezwingen musste.

Mit dieser dunklen Furcht im Herzen würde sie nie wieder unter Menschen gehen oder eine Party besuchen können!

Sie verließ ihr Zimmer und wandelte gedankenvoll durch die einsamen Gänge.

Die Angst war nicht mehr außen, sie war in ihr und davor konnte man nicht davonlaufen. Man musste sich ihr stellen, um sie zu verarbeiten! Dasselbe hatte ihr Margot immer geraten.

Im Gehen sah sie noch einmal jeden Handgriff des Weinverkäufers vor sich. Nur einen Bruchteil eines Augenblickes war sie abgelenkt, als der Mann ihr den Becher gab.

Jemand hatte sie angerempelt und das musste der Moment gewesen sein, in welchem Jim die Tropfen in der Tasse platziert hatte.

Das sprach für eine erprobte Tat, wie auch die Ausleuchtung und Kameraführung für viel Übung und Vorbereitung sprachen.

Sie hatte keine Chance gehabt, ihm zu entweichen! Doch er hatte sich die falsche Frau für seinen Plan ausgesucht, denn ihr Ruf war sowieso bereits vorher ruiniert und der Erpressungsversuch bei ihrem Großvater war gescheitert. Andere Familien hätten wohl stillschweigend gezahlt, um den Skandal zu vermeiden.

Großvater hatte in der einzig richtigen Art reagiert: Er hatte ihr die Schande eines Prozesses erspart, der sicher auch mit ungewissem Ausgang nur noch mehr Schlamm nach oben gerührt hätte.

Ihr lasterhaftes Liebesleben der letzten Jahre hätte danach sicherlich wochenlang die Klatschpresse überschwemmt.

Seine Anwälte würden mit Jim kurzen Prozess machen und dieser Drecksack würde wohl nie wieder einer Frau dasselbe antun, was er ihr angetan hatte.

Großvaters Rechtsanwälte waren ausgezeichnet. Die Besten, die es gab und sie würden Jim sicherlich für immer aus dem Verkehr ziehen. Da war sie sich jetzt ziemlich sicher und diese Gewissheit gab ihr momentan die Ruhe zurück.

Sehr viel gelassener schlenderte sie zu ihrem Zimmer zurück, wobei sie abermals in die Gesichter ihrer Ahnen blickte, die ihr aus der Galerie zusahen.

Jahrhundertelang waren sie hier in diesem Schloss gewesen und gerade fühlte sich Lissy von ihnen beobachtet. Oder war das nur wieder Mäxchen, der sich gerade hier irgendwo herumtrieb?

128

Vor Jahren, als sie mit der Mutter und Franziska hier gewesen war, da hatte sie so ein ähnliches Gefühl gehabt. So, als ob das Schloss auf sie herabblicken würde. Noch Wochen später hatte sie damals Albträume davon gehabt.

Nur sie, der Großvater, Siegbert und zwei ältere Mägde wohnten auf dem Schloss. Alle waren jetzt wohl in ihren Zimmern, denn es war draußen mittlerweile schon lange Nacht.

Die alte Uhr in der Bibliothek unten schlug laut zwölfmal. Mitternacht! Zeit zum Schlafen.

Sie zog die Tür des Zimmers hinter sich zu, trat ins Bad und schaute die Dusche an.

Konnte sie diese jetzt benutzen?

Ein leichter Zweifel war noch in ihr, aber die Heilung hatte bereits begonnen. Langsam ging sie zum Bett zurück und strich über das Laken. In der Nacht zuvor hatte sie wegen Jim Albträume gehabt. Würden die jetzt nicht mehr kommen? Es blieb zu hoffen.

Lissy legte ihre Kleidung ab, nahm ihr Nachthemd und ging erneut ins Bad. Ein letzter Zweifel, ein Zaudern, dann nahm sie all ihren Mut zusammen und trat unter die Brause.

Es dauerte einen Moment, bis das warme Wasser lief. Das war wohl der späten Stunde geschuldet und der kalte Guss wusch die letzten schrecklichen Bilder von ihr ab.

Vorübergehend? Hoffentlich nicht!

Es tat gut, allen Kummer einfach abzuspülen und schließlich einfach die Wärme über die Haut laufen zu lassen.

Brittas Worte vom letzten Morgen fielen ihr wieder ein und gerade waren es nicht mehr die Gedanken an Jim, die in ihrem Kopf waren, sondern diese wunderschönen Momente mit Margot.

Die Therapeutin verdrängte auch dieses Mal ziemlich effektiv das Elend aus ihr!

Lissy schloss die Augen, Bilder einer unsagbar schönen Zeit waren in ihrem Kopf, zärtliche Berührungen von damals spürte sie erneut auf ihrer Haut und das fühlte sich großartig an.

Wenig später lag sie entspannt in ihrem Bett.

Schließlich war das Licht aus und durch die Besinnung auf diese Nebenwirkungen der Therapie war Margot in ihrem Kopf, in ihrem Herzen. Alles andere hatte keinen Platz mehr darin!

Lächelnd schlief Lissy ein. Die Vorstellungen des Beginns der Nacht schlichen sich in ihren Traum und sie sah sich wieder im Internat.

Sie beobachtete, wie aus einer höheren Perspektive, ihr erstes Zusammentreffen mit Margot. Wie ein Geist flog sie hinter sich selbst her.

Es war unwirklich, sich selbst zu beobachten und all diese Momente zu verfolgen. Alsdann sah sie sich auf der Couch liegen und tauchte in sich selbst ein. Erneut war sie dort in dem Zimmer bei Margot. Alles wirkte augenblicklich so real!

Dann begriff sie, dass dies der Tag ihres ersten Mals war!

Alles kribbelte in ihr, wie es an jenem Tage gewesen war.

Sie fühlte sich Margot augenblicklich so unendlich nah und da war wieder diese verspielte Leichtigkeit in ihr, die sie die ganze Zeit vergeblich bei all ihren Beziehungen gesucht hatte.

In alle diese schönen Empfindungen hinein hörte sie mit einem Mal die Stimme der Freundin, die ihr sagte: „Vergiss alles, was war. Du musst nur noch nach vorn sehen!"

Das war es auch, was Margot ihr damals in den vielen Monaten immer wieder erzählt hatte.

Lissy spürte Margots Finger auf sich, es war atemberaubend und so schön, wie damals.

Sie würde nach vorn sehen und hoffte gleichzeitig darauf, dass sich der schöne Traum noch weiter fortsetzte.

Mit Margots Hilfe war sie schon einmal aus der Hölle entkommen und es würde ihr sicherlich auch ein zweites Mal gelingen.

Nichts war unmöglich, wenn man einen Weg mit Liebe im Herzen beschritt und der Hass auf Jim war vergangen.

Die Anwälte würden sich darum kümmern.

Sie musste es abgeben und damit abschließen, denn sonst würde der Hass sie zerfressen!

„Danke, Margot", hauchte sie im Traum und es schien ihr, als ob die Freundin ihr antworten würde. Nicht mit Worten, sondern mit Berührungen.

Sie spürte wieder die streichelnden Finger auf ihrem Gesicht, wie es die Freundin nach jedem Liebesspiel damals mit ihr gemacht hatte.

„Durch meine Hingabe zur Liebe bin ich das, was ich schon immer war! Ich fühle mich geliebt, beschützt, wertvoll und behütet. Weil du da bist!", flüsterte Lissy glücklich.

20. Kapitel

Auf zum Tanz!

Irgendwann war Britta dann wohl doch eingeschlafen und wurde am Morgen von Lissy mit einem Kuss geweckt. Wieder fühlte sich das seltsam an, aber das Lächeln der Freundin vertrieb sofort jeder Widerspruch.

„Hast du gut geschlafen?", fragte Lissy.

„Ja. Und du?"

„Eigentlich nicht schlecht! Mäxchen hat mich getröstet, aber dieses Schloss ist nachts manchmal unheimlich", entgegnete Lissy und richtete sich auf.

„Gehen wir wieder zusammen duschen?", fragte die Freundin.

„Nein! Du kannst. Ich bleibe noch einen Moment hier liegen", antwortete Britta und bemerkte daraufhin sofort den zweifelnden Blick der Freundin.

Alleine hätte Lissy ja auch im Schloss duschen können.

„Ok! Ich komme mit!", erklärte sie und erkannte das Lächeln auf Lissys Gesicht.

Der Abend kam und der Tag war bisher traumhaft schön für sie gewesen, obwohl sie als Anfängerin mehr im Schnee gelegen hatte, als dass sie mit den Ski darauf gefahren wäre.

Geduldig hatte Lissy ihr immer wieder geholfen und sie zurück auf die Bretter gestellt.

Momentan war die Freundin neuerdings auf dem Weg in ihr nächtliches Asyl und Britta stand noch nackt vor dem Spiegel im Bad.

Das wunderschöne Dirndl hing neben ihr am Haken und sie überlegte, ob sie darunter Unterwäsche tragen sollte. Einen Slip unbedingt, aber das Bustier?

Am Abend zuvor hatte das auch ohne sehr gut ausgesehen! Aber war das zu gewagt? Es ging zum Tanzen und Spaß haben auf eine Weihnachtsfeier, mit ihrer neuen Freundin Bettina, die sie dort an ihrem Tisch treffen würde. Bettina war auch die Schöpferin dieses zauberhaften Kleidungsstückes und eigentlich hätte sie daher die Freundin danach fragen sollen, ob man da einen BH drunter zog oder nicht.

Doch Bettina war momentan nicht hier und daher blieb ihr jetzt nur übrig, es einfach mal zu probieren.

Nach einer Weile kam Britta allerdings zur Überzeugung, dass es ohne das Bustier viel besser aussah, als mit!

Noch einmal schaute sie kurz in den Spiegel, legte sich die eingedrehten Locken zurecht und nickte sich selbst ermunternd zu, dann war sie auf dem Weg nach unten.

Da sich der Festsaal im selben Hause befand, brauchte sie auch keinen Mantel und ging einfach so.

In der Lobby empfing Magda ihre Gäste und zeigte einfach auf die Tür, damit Britta eintreten konnte.

Der Saal war groß und weihnachtlich geschmückt. Am Rande standen Tische und Stühle und in der Mitte war Platz zum Tanzen gelassen worden.

Momentan befanden sich bestimmt schon mehr als hundert Personen in dem Raum, aber noch waren nicht alle Plätze besetzt.

Sie schaute sich um und suchte die Nummer ihres Tisches, dabei wurde sie allerdings bereits von Bettina winkend zu ihrem Platz gelotst.

Leise Musik klang durch den Ballsaal und Bettina strahlte regelrecht, als sie sich zu ihr setzte.

„Das Kleid steht dir wirklich fabelhaft!", sagte die Freundin.

„Deines ist aber auch ein echter Traum", gab Britta ihr zurück.

Das Strahlen der Designerin wurde damit nur noch breiter.

Britta ließ ihren Blick über die Menschenmenge gleiten. Die meisten Anwesenden trugen hier eine Tracht oder ein Dirndl und viele davon waren sicher von Bettinas Hand erschaffen worden.

Immer mehr füllte sich der Tanzsaal, bis dann die Türen geschlossen wurden und die Musik verstummte.

Ein Mann betrat die kleine Bühne und begrüßte die anwesenden Gäste. Er war ein Bild von einem Mann! Sicher noch keine fünfundzwanzig in einer feschen Uniform der Feuerwehr mit einer roten Zipfelmütze.

„Wer ist das?", fragte Britta flüsternd die Freundin.

„Das ist Simon, der Chef der Feuerwehr und Magdas jüngerer Bruder", gab ihr Bettina leise zurück.

Seine Statur war klasse und besonders seine Augen waren faszinierend. Sie hielten Britta unvermittelt in ihrem Bann und dem konnte sie sich nicht mehr entziehen!

Simon stand nur fünf Schritte von ihr entfernt und Britta konnte den Blick nicht mehr von seinem Gesicht lösen.

Es war sonderbar, denn beim Anblick des Mannes begann es in ihrem Bauch zu kribbeln und ein Stückchen tiefer ebenfalls.

Wann hatte sie das letzte Mal Sex gehabt? Im Mai, nach einer Party, zuerst im Stadtpark auf einer Bank und danach in ihrer Wohnung. Es war nur ein One-Night-Stand gewesen und dennoch schon ewig her.

Und seitdem? Nichts mehr, tote Hose, die allerdings gerade dezent feucht wurde, wie sie selbst verwirrt feststellte.

„Ich sehe, er gefällt dir", wisperte Bettina ihr ins Ohr.

Ohne Bustier war das wohl auch kaum zu verbergen. Britta brachte kein Wort mehr heraus.

„Schnapp ihn dir, Tigerin!", setzte Bettina noch hinzu, die Musik begann und mit einem Schubs beförderte die Freundin sie in Simons Richtung.

Der Schwung führte sie direkt in seine Arme, der Tanz begann und Simon war ein ausgezeichneter Tänzer.

Trotz ihrer Absatzschuhe war er noch einen halben Kopf größer als sie.

Sie himmelte ihn regelrecht an und das verwirrte sie noch mehr! Hätte ihr Kopf jetzt nicht eigentlich, in Anbetracht von Lissys Schicksal, eine Warnung ausgeben müssen?

Er tat es zum Glück nicht und das fabelhafte Gefühl blieb!

Von unten schaute sie den Mann an, der sie nur lächelnd anblickte. Und damit war wohl unvermeidlich, dass er merkte, wie gut er ihr gefiel.

Hätte der Verstand jetzt noch eine Chance gehabt, dann hätte sie darüber geflucht, das Bustier nicht zu tragen, doch der Geist hatte keinerlei Möglichkeit mehr, das prickelnde Gefühl in ihr zu übertönen.

Es war eine Weihnachtsfeier und dennoch flogen momentan scharenweise Schmetterlinge.

Simons Hand lag auf ihrem Rücken und sie drückte sich ihm regelrecht entgegen. Das war einfach nur geil! Und er blieb in der Mitte ihres Rückens, obwohl sie beinahe darum gebettelt hätte, dass seine Hand nach unten rutschen würde.

Ihr wurde es immer heißer, die Musik wurde zur reinen Nebensache und nur wie im Nebel stellte sie fest, dass sie langsam und eng weitertanzten, während die anderen Gäste neben ihr zu einem schnellen Disko-Fox die Hüften schwangen.

Sie waren beide in den Augen des jeweils anderen versunken, bis er sie einfach mitten auf der Tanzfläche küsste.

Mit diesem Kuss setzte der Rest des Denkens bei ihr aus.

Im nächsten Moment bemerkte sie, wie sie nackt im Höhepunkt unter Simon lag, während er sich gerade schnaufend über ihr befand.

Zum Glück war das ihr Hotelzimmer und nicht die Tanzfläche!

„Oh, mein Gott!", stöhnte sie, als sie wieder zu Atem gekommen war und bemerkte, dass sie es einfach nur bis unmittelbar hinter der Tür auf den Teppich ihrer Suite geschafft hatten.

Die Sachen lagen ziemlich wirr um sie herum auf dem Fußboden verstreut und es war ihr unbegreiflich, wie Simon sie aus dem Dirndl geholt hatte, ohne das gute Stück völlig zu zerstören.

Es waren Gänge und Treppen sowie einige Türen zwischen diesem Raum und dem großen Saal im Erdgeschoss und sie hatte keine Erinnerung daran, wie sie das soeben bis hierher geschafft hatten.

Simon zog sich von ihr zurück, erhob sich und nahm sie auf seine Arme.

Flink trug er sie in das Schlafzimmer, wo er sie auf das Bett legte und zu ihr kam.

Jetzt hatten sich ihre Sinne wieder so weit abgekühlt, dass sie das folgende zärtliche Küssen und Streicheln auch wirklich genießen konnte.

Noch immer brandeten die letzten Wellen des gerade erlebten Sinnesrausches durch ihren Leib und Simons Lippen waren so unglaublich weich.

Augenblicklich hatte sie die Zeit, seinen Körper im Scheine der Nachttischlampe zu bewundern. Die breite Brust und die starken Arme sprachen dafür, dass er wohl oft trainierte. Das lockige schwarze Haar hatte genau die richtige Länge und diese Frisur stand ihm ausgezeichnet.

Seine Brust war kaum behaart und von seinem Nabel zog sich ein dünner Strich Haare nach unten. Das war ihr Kryptonit und sie seufzte bei diesem Anblick auf.

Wie ein Pfeil zog dieser Strich jetzt ihren Blick nach unten und auch der Bereich unterhalb seiner Leibesmitte fing augenblicklich ihre Aufmerksamkeit ein.

Noch hing das schlaff herab, was ihr gerade diesen wundervollen ersten Höhepunkt der Lust des Jahres beschert hatte, doch es zuckte bereits leicht.

Das ließ auf mehr hoffen und seine Finger sowie sein Mund bereiteten sie derweil wohl auch längst auf die nächste Runde vor.

Obwohl seine Hände groß und kräftig waren, waren sie dennoch sehr zärtlich und glitten langsam über ihren erhitzten Leib.

Simon wusste sicherlich, was sie mochte, doch offenbar wollte er sie gerade wahnsinnig machen, denn seine Fingerspitzen ließen jede ihrer erogenen Zonen weitläufig aus.

Die Gänsehaut überlief sie dennoch dabei und sie keuchte vor unbändiger Lust.

Es war sonderbar, wie dieses sie dort nicht berühren sie noch mehr erregte, als wenn er sie dort einfach gestreichelt hätte.

Stöhnend genoss sie es zitternd, bis sie es nicht mehr aushielt.

Vor Verlangen versuchte sie alles, dass er in ihr kommen konnte, doch trotz aller ihrer Bemühungen war er noch nicht für sie bereit und daher trieben seine Fingerspitzen sie jetzt auf den nächsten Gipfel zu, den sie nur wenige Augenblicke später überschritt.

Dafür hätte man sterben können!

Simon zog sie an seine Brust, hielt sie fest und sie lag zuckend in seinen Armen.

21. Kapitel

Männer und ihre Leidenschaften

*E*s war das pure Glück gewesen, dass Bettina noch eine Karte ergattern konnte, denn sie hatte einfach durch die viele Arbeit den richtigen Zeitpunkt verpasst und dabei hatte sie doch die ganze Zeit die Dirndl dafür genäht.

Das Weihnachtsfest der Feuerwehr war einer der beiden Highlights im Jahr! Jeder in der Ortschaft wusste dies und daher waren die Eintrittskarten wie immer binnen Minuten vergeben gewesen.

Den Rest des Jahres musste man da in die nächste Stadt fahren, wenn man sich amüsieren wollte. 25 Kilometer mit dem Bus! Im Winter war das einfach unmöglich für sie. Umso mehr hatte sie sich darüber gefreut, dass Britta ihr eine Karte abgegeben hatte.

Gerade drehte sie sich vor dem Spiegel in der Hotellobby und kontrollierte noch einmal den Sitz des Kleides.

Es war ihr Meisterstück von der Berufsschule und passte auch nach drei Jahren immer noch wie angegossen. Fast liebevoll strich sie den Stoff glatt.

Zufrieden nickte sie sich zu und trat in den Raum.

Als Britta dann später den Saal betrat, winkte sie die andere Frau zu sich.

Der Spaß begann und sie beobachtete Simon, wie er seine obligatorische Eröffnungsrede hielt. Sie kannte ihn schon ewig, denn sie waren zusammen im Kindergarten und in der Schule gewesen.

Simon war ein Bild von einem Mann und ein Herzensbrecher für die Damen, aber nur sehr selten hatte eine wirklich bei ihm Glück.

Britta schmachtete ihn jedoch momentan regelrecht an und es fehlte wohl nicht viel, dass sie zu sabbern begann.

Simons Augen hatten sie auch erfasst und daher spielte Bettina ein bisschen Glücksfee. Demzufolge schubste sie Britta einfach in Simons Richtung, als dieser die Bühne verließ und auf sie zukam. Das Manöver glückte und die beiden tanzten.

Damit war auch für sie der Moment gekommen, sich ebenfalls einen Tanzpartner zu suchen.

Ihr Blick fiel dabei auf Sven, der gerade zum Buffet ging. Der kräftige, blonde Mann war ein Schulkamerad aus der Parallelklasse gewesen und hatte bisher keinen Blick für sie gehabt, aber an diesem Abend wollte sie das unbedingt ändern.

Sie machte sich auf den Weg und trat zwischen ihn und das Bierfass. Normalerweise wäre das später am Abend tödlich für das Kleid gewesen, aber so kurz nach Öffnung des Ausschankes bestand da hoffentlich nur wenig Gefahr.

Sven grübelte einen Moment, als sie vor ihm stand, dann sagte er: „Bettina?" Und sie lächelte ihn an.

Es war etwas schwierig, seinen Weg zum Ausschank über die Tanzfläche umzuleiten, aber das gut geschürte Dirndl verfehlte bei ihm nicht seinen Zweck.

Sie tanzten neben Simon und Britta, die scheinbar kein Ohr mehr für die Melodie hatte, denn sie tanzten die schnellen Lieder eng umschlungen und langsam.

Mit ihren Blicken hätten sie beide momentan die Dekoration entflammen können!

Bei ihr lief es aber nicht ganz so gut. Sie bemerkte durchaus, dass Svens Augen mehr am Zapfhahn hingen, als an ihrem Ausschnitt.

Während Simon mit Britta ziemlich hektisch den Raum verließ, war Sven immer noch auf der Suche nach seinem Bier und sie würde nur sein Interesse halten können, wenn sie sich eine Bierwerbung auf die Stirn oder die Brust kleben würde.

Höchstens für eine schnelle Nummer auf dem Klo würde seine Aufmerksamkeitsspanne augenblicklich noch reichen und sicher auch nur deswegen, damit sie danach den Weg zum Bier für ihn freigab und er endlich seinen Willen bekam.

Aber dafür war sie sich im Moment noch zu schade.

So ließ sie Sven schließlich ziehen und ging zurück an ihren Tisch.

Von dort aus sah sie missmutig den tanzenden Menschen zu, aber auf der Tanzfläche waren eigentlich nur Frauen, die Männer sammelten sich momentan als Traube beim Glühwein und am Bierfass.

Männer und ihre Leidenschaft!

Bettina seufzte und dachte zurück, denn schon zu Schulzeiten war ihr das ziemlich suspekt gewesen.

Ihr erstes Mal war weder für sie, noch für den Jungen ein Genuss gewesen. In einem Zelt im Ferienlager war es geschehen und mehr der Tatsache geschuldet, dass sie die letzte war, die im Kreise ihrer Freundinnen noch Jungfrau gewesen war.

Sie erinnerte sich noch nicht mal an den Namen des Jungen, nur noch an den Schmerz, als er zugestoßen hatte und das sagte wohl alles darüber aus!

Gelangweilt ließ sie ihren Blick über die feiernde Menge gleiten.

In einer schummrigen Nische, nur wenige Schritte neben ihr, saß die Bäckersfrau Rita auf dem Schoß ihres Mannes. Sie bewegte sich im Takt der Musik. Zumindest konnte man das im ersten Moment denken, aber die halb geschlossenen Augen und der verzückt lächelnde Mund sprachen da eine völlig andere Sprache.

Und sie selbst saß hier alleine herum und langweilte sich. Das war nicht fair!

Und zusätzlich war es auch noch die letzte Gelegenheit für dieses Jahr, um noch etwas Spaß zu haben.

Sehnsuchtsvoll blickte sie zu Sven hinüber. Im Moment wäre sie mit ihm sogar für eine schnelle Nummer im Gang verschwunden, wo sie das doch Minuten zuvor noch kategorisch ausgeschlossen hatte.

Es waren wohl Ritas Energie und die Hüftbewegungen der drallen Blondine, die sie jetzt mitrissen.

Allerdings wäre es wohl momentan lebensgefährlich, den Mann von seinem Bierfass trennen zu wollen. Und die anderen Männer waren da sicherlich nicht viel anders!

Seufzend richtete sie ihren Blick zur gegenüberliegenden Seite des Saales und erspähte im Halbdunkel einen Mann, der alleine an einem Tisch saß.

Sie brauchte einen Moment, um ihn zu erkennen. Es war Klaus, Svens jüngerer Bruder. Damals, als sie ihr erstes Mal hatte, hatte er seinen Bruder mit in dieses Zeltlager begleitete, aber da war er noch ein pickliger und sommersprossiger Junge in der Pubertät.

Sie hatte ihn kaum beachtete und auch sonst hatte ihn wohl jeder ignoriert. Er war damals nur mitgekommen, weil Sven teilgenommen hatte.

Damals, als sie Sven regelrecht angehimmelt hatte!

Vor ein paar Wochen war Klaus einundzwanzig geworden, doch er sah immer noch so scheu vor sich hin, wie er es damals mit elf gemacht hatte.

Momentan war er allerdings der einzige Mann, der gegenwärtig nicht auf dem Weg zur Bar war. Und damit bot er sich ihr als Ziel förmlich an.

Gelassen und mit einem Umbogen schlenderte sie zu ihm hinüber, um nicht einer anderen Frau einen Wink zu geben.

„Willst du tanzen?", fragte sie, als sie vor ihm stand.

Fast erschrocken blickte er zu ihr auf und nickte dann. Es war die Zeit der langsamen Tänze und Klaus führte überraschend gut!

Verzweifelt versuchte er nicht in ihren Ausschnitt zu schauen und ihr gefiel das irgendwie, obwohl sie ja eigentlich momentan bereits etwas anders von ihm wollte.

Wenig später saßen sie an seinem Tisch und sie einen Augenblick später, in derselben Art wie Rita zuvor, breitbeinig auf seinem Schoß.

Das sah so wie letzter Versuch aus! Doch genau das war es ja irgendwie auch und eigentlich hätte ihr das peinlich sein müssen.

An seiner Gesichtsfarbe war nur zu deutlich erkennbar, dass ihm das ebenfalls unangenehm war und damit war es wohl auch kein Wunder, dass sie nichts erreichen konnte, als sie sich an seinem Schoß rieb.

Zumindest nicht bei ihm, denn bei ihr selbst sorgte diese Reibung für so ein schönes Kribbeln im Unterleib.

Seine Erregung hielt sich dagegen in argen und für sie kaum spürbaren Grenzen.

Im Notfall musste sie das einfach noch ein paar Minuten tun, doch noch blieb ihr Hoffnung, dass ihre Handlung doch noch zu etwas Größerem führen würde.

Ihr Kopf arbeitet fieberhaft an einer Idee, aber Küsse und Reibung bewirkten bei Klaus nichts Handfestes und schließlich blieb ihr nur noch als letzter verzweifelter Versuch, aus Versehen sein Bier über seine Hose zu schütten und darauf zu achten, dass ihr kostbares Dirndl dabei nicht zu feucht wurde.

„Ach, Mist!", stöhnte sie, als das halbleere Glas durch ihre ungeschickte und sorgsam geplante Bewegung seinen Inhalt über seinem Schoß vergoss.

„Das muss ich sofort auswaschen!", rief sie aus und zog ihn einfach, trotz leichter Gegenwehr, hinter sich her zu den Toiletten.

Der Weg bis dahin war kurz und der Waschraum zum Glück leer, obwohl sie das in ihrer derzeitigen Stimmung wohl auch nicht mehr gestört hätte.

Schnell bat sie Klaus um seine Hose.

Zögerlich übergab er ihr diese und darunter trug er eine Unterhose mit Bärchen darauf.

An jedem anderen Tag hätte das sofort dafür gesorgt, dass sie sich lachend zurückgezogen hätte, jetzt ging das schon nicht mehr.

Eilig wusch sie die Hose aus und hängte sie danach über den Lüfter.

Während das Stoffstück trocknete, setzte sie sich auf den Waschtisch und schlug die Beine übereinander. Allerdings so ungeschickt, dass er dabei ihren Slip sehen musste.

Klaus stand zwei Schritte vor ihr, mit dem Rücken an der Wand und rührte sich nicht.

Mit der Hand fächelte sie sich Luft zu, denn gerade war es ihr ziemlich warm hier drin. Sie öffnete die Verschnürung des Dirndls und blickte ihm tief in die Augen, doch Klaus rührte sich noch immer nicht.

Brauchte der eventuell noch eine schriftliche Einladung?

Demonstrativ blickte sie zum Kondomauto-maten und er konnte diesen Blick eigentlich nicht missverstehen.

Wenn der das jetzt noch immer nicht begriff, dann würde sie einfach über ihn herfallen! Mittlerweile brannte das Feuer der Lust in ihr.

Schließlich fragte er: „Mit oder ohne Noppen?"

„Mit!", seufzte sie erleichtert und lehnte sich zurück.

Klimpernd fielen die Münzen in den Automaten und wenig später fiel auch die Bärchenunterhose.

Klaus war beachtlich gut bestückt und jetzt konnte es doch noch eine schöne Nacht werden. Und zum Glück hatte sie noch ein paar Münzen im Beutel!

22. Kapitel

Mit Herz und Verstand?

Brittas Blick fiel auf die Leuchtziffern des Weckers neben ihr. Es war noch nicht mal sechs Uhr früh. Neben ihr schnarchte Simon und sie war einfach nur glücklich.

Diese Nacht war einfach nur gigantisch gewesen und schlicht wow!

Im schwachen Schein des Lichtes, das von einer Straßenlaterne durch den Schlitz der Gardine in den Raum fiel, sah sie Simon an, der neben ihr auf dem Rücken nackt im Bett lag.

Es war angenehm warm im Zimmer und daher war nur sein Unterleib von der Decke verborgen. Die breite Brust war zu sehen und hob sich im Takt seines Schnarchens.

Glücklich spürte Britta in sich hinein. Nie zuvor hatte sie solch eine Nacht erlebt!

Simon hatte sie von einem Höhepunkt zum nächsten getrieben und sie hatte beim fünften davon aufgehört, diese zu zählen.

Und gerade überkam sie nur bei seinem Anblick so ein warmes Gefühl in ihrem Bauch.

Das konnte nicht nur die Nachwirkung von diesem bombastischen Sex sein. Britta fühlt da etwas wie tiefe Zuneigung zu Simon und dabei kannte sie den Mann neben sich eigentlich gar nicht. Sie wusste nur, dass er Magdas Bruder und bei der Feuerwehr war.

Doch war sie für ihn nur ein Abenteuer? Womöglich und das schmerzte gerade ziemlich! Nach nur einer Nacht wollte sie ihn schon nicht mehr fortlassen. Nicht aus dem Bett und auch nicht von ihrer Seite!

Was war aber, wenn auch Simon tiefere Gefühle für sie hegte?

Musste sie ihn sich möglicherweise in ein paar Tagen aus dem Herzen reißen? Ging das überhaupt noch? Alleine der Gedanke daran quälte sie bereits!

Allerdings war sie hier nur im Urlaub! Hatte es Simon deshalb auf sie abgesehen? Weil er wusste, dass sie nach Weihnachten nicht mehr hier war und sie somit auch keine Ansprüche stellen würde?

Dachte er wirklich so? Das musste sie ihn unbedingt fragen!

Britta legte sich zurück und schaute Simon weiter an.

Eigentlich hatte sie doch den ersten Schritt getan. Oder auch Bettina, die ihr den glücklichen Schubs gegeben hatte. Hatte sie ihm damit nur gezeigt, wie nötig sie es gehabt hatte? Und hatte er ihr daraufhin einfach nur ihren Wunsch erfüllt? Wie ein Gigolo?

Die müßigen Gedanken brachten Zweifel, die momentan durch ihren Körper liefen und diese verdrängten langsam das wundervolle Glücksgefühl aus ihr, dass sie verzweifelt in sich behalten wollte.

Oder sollte sie einfach mitnehmen, was er ihr geben konnte und solange wie er dazu bereit war?

Das Herz abschalten? Ging das überhaupt?

Ihr Schoß sagte Ja, aber was sagte der Verstand?

Doch was hatte der Kopf schon zu sagen? Um zum Höhepunkt kommen zu können musste sie sich fallen lassen und das ging nur ohne den zweifelnden Geist, nur mit dem Gefühl!

Langsam drehte sie sich Simon zu und legte sich auf die Seite neben ihn. Eng an ihn angeschmiegt war das Gefühl, so Haut an Haut, einfach nur göttlich.

Die Gänsehaut war sofort wieder da und das Verlangen ebenfalls.

Aber was geschah eigentlich, wenn Lissy in ein paar Stunden in das Zimmer kam und Simon hier noch nackt in ihrem Bett lag?

Der Verstand wollte, dass sie das der leidenden Freundin lieber nicht zumuten sollte!

Sollte sie Simon aufwecken und ihn ersuchen, zu gehen?

Ihr Unterleib wollte ihn gerade aufrütteln und bitten, zu kommen!

Wie Mäxchen, der die leckere Sahne entdeckt hatte, wollte sie auch weiterhin diese wundervollen Genüsse erleben.

Sieben Monate lang hatte sie nichts vermisst. Der Sex mit jenem unbekannten Mann damals war passabel gewesen, aber am folgenden Tag hatte sie ihn bereits vergessen. Würde er ihr irgendwo begegnen, sie würde ihn nicht mehr erkennen. Er war ein Schwanz ohne Gesicht!

Nach dem Sex bereits vergessen!

Mit Simon war sie über dieses Stadium schon lange hinweg.

Er hatte ihr gezeigt, wie hoch man fliegen konnte. Explosiv und ekstatisch war es gewesen!

Schon alleine bei der Erinnerung daran lief die Vorfreude abermals durch ihren Leib.

Am Beginn der Nacht hatten das seine Finger übernommen, jetzt reichte schon der bloße Gedanke an ihn!

Sie musste ihn wecken! Jetzt!

Ihre Finger glitten über seine Brust und schoben sich nach unten unter die Decke. Blind tastete sie sich vorwärts und schließlich fand sie das Objekt ihrer Begierde.

Zaghaft begann sie es zu streicheln und als sie fester zupackte, erwachte Simon mit einem Stöhnen.

„Du bist ja unersättlich", flüsterte er und sie konnte das Schmunzeln in seiner Stimme hören.

Seine Lippen verschlossen ihren Mund und unter ihren reibenden Fingern begann etwas schnell an Festigkeit zu gewinnen.

Im Kuss vereint rollte er sich über sie, sie hob ihm ihr Becken entgegen und Simon schob sich unglaublich langsam in sie hinein.

Das war der Himmel!

Kurz darauf kam sie bereits unter ihm und er machte einfach langsam weiter. Während sie sich zuckend und stöhnend im Bett hin und her warf, trieb er sie einfach weiter.

Dieses Gefühl war irre!

Von multiplen Orgasmen hatte sie bisher nur beiläufig mal was gehört, jetzt erlebte sie diese gigantische Empfindung in sich. Aber von erleben war gar keine Rede, es überrollte sie einfach!

Wimmernd lag sie im Bett, Simon über ihr und gemeinsamen flogen sie davon!

Irgendwann stoppte Simon, aber er konnte wohl nicht mehr kommen.

Das schöne Empfinden, so völlig von ihm ausgefüllt zu sein, war einfach unbeschreiblich.

Ein jaulender Klingelton riss sie da heraus und ließ sie zusammenzucken.

Simon schleuderte die Decke von sich, rief: „Es brennt!", und zog sich ruckartig aus ihr zurück.

Britta zuckte bei dieser Bewegung förmlich zusammen.

Simon sprang vom Bett, gab ihn noch einen schnellen letzten Kuss und rannte nackt davon.

„Bis heute Abend!", rief er noch aus dem Nachbarzimmer, dann fiel die Tür knallend ins

Schloss und er fehlte ihr bereits im selben Moment.

Dieses Sehnen in ihrer Brust war einfach viel zu stark.

Langsam setzte sie sich auf und blickte ihm nach.

„Komm zurück", flüsterte sie und horchte in die Dunkelheit.

Irgendwo begann eine Sirene Lärm zu machen.

Britta seufzte und wünschte sich inständig, dass er am Abend wie versprochen zu ihr zurückkommen würde.

Jetzt konnte sie nur hoffen, dass sie sich bei ihrem stürmischen Aufbruch vom Tanz nicht zu sehr zum Affen gemacht hatte, denn noch immer hatte sie daran keine Erinnerung, aber sie konnte Bettina darüber befragen.

Beim Gedanken an die Freundin fiel ihr das Dirndl wieder ein.

Momentan blieb zu prüfen, ob das teure Kleidungsstück wirklich Simons Ansturm unbeschadet überstanden hatte, wie sie zuvor noch vermutet hatte, oder ob sie es Bettina zur Reparatur übergeben musste.

Britta schaltete das Licht der Nachttischlampe an, stieg aus dem Bett und ging barfuß nach nebenan.

Simon hatte das Kleid über einen Stuhl gehängt. Vermutlich aber gerade eben erst.

Sorgfältig begutachtete sie ihr Kleid, aber Bettina hatte alle Nähte doppelt gemacht und nicht ein Knopf fehlte. Der Slip hatte nicht ganz so viel Glück gehabt!

Sie hängte das Gewand in den Schrank, entsorgte den zerrissenen Schlüpfer im Mülleimer und schlenderte ins Bad.

Unter der Dusche fühlten sich die warmen Wasserstrahlen wie seine Finger auf ihrer heißen Haut an.

Sie wusch sich schweren Herzens seine Spuren vom Leib und bettelte bereits nach dem nächsten Abend, denn dann würde er wieder bei ihr sein.

Hoffentlich!

In etwa zwei Stunden war Lissy wieder hier und dann würden sie Skilaufen üben.

Das konnte ein toller Urlaub werden: Lissy am Tage, Bettina am Abend und Simon in der Nacht.

Britta spürte, wie sie zu lächeln begann.

Vielleicht konnte sie das nächste Mal mit Simon unter die Dusche. Da stand ihr mehr der Sinn danach, als die Kabine mit Lissy zu teilen!

23. Kapitel

Skihase voraus!

Mit dem beginnenden Tag schlenderte Lissy wieder hinab ins Tal. In der vergangenen Nacht hatte es nur wenig geschneit, wodurch sie auch gerade nicht beim Gehen behindert wurde. In den letzten Tagen hatte der Neuschnee am Morgen schon mal zwanzig Zentimeter hoch gelegen. Dieses Mal waren es kaum fünf!

Es reichte, um Spuren zu hinterlassen, aber nicht, dass sie auf den Schneepflug warten musste.

Auch in dieser Nacht hatte Lissy gut geschlafen, die Albträume der Nächte zuvor waren fort.

Es hatte geschmerzt, den Film zu sehen, aber es war bitter nötig gewesen. Natürlich machte sie sich Vorwürfe, dass sie dieses Schwein nicht angezeigt hatte, aber ihre eigene Nachlässigkeit hätte ihm nur in die Hände gespielt!

Die Gewissheit der dennoch erfolgenden Strafe für Jim machte sie etwas gelassener.

Der Schmerz wurde langsam weniger!

Vor vielen Jahren hatte Margot gesagt, man muss erst durch das bittere Tal der Tränen hindurch, bevor es besser werden konnte. Oder auch, erst mal in die finstere Schlucht, bevor es den Berg wieder hinauf ins Licht gehen konnte.

Es würde sicherlich trotzdem noch eine Weile dauern, bis sie wirklich darüber hinweg war, aber der erste Schritt war gemacht!

Die Sonne war erst vor kurzem aufgegangen und es war eigentlich immer noch ziemlich kalt. Der frostige Winterwind zwackte ihr in die Nase, die sie als einziges nicht unter den Schal gezogen hatte.

Vermutlich war das ein Fehler, denn sie brauchte ja mindestens eine halbe Stunde, bis sie zum Hotel kommen würde.

Geschwind zog sie sich das Tuch über die Nasenspitze und machte sich danach schneller auf den weiteren Weg.

Heute würde es für Britta sicher besser gehen, mit den Ski zu laufen und vielleicht konnten sie damit auch schon mal auf den Berg hinauf. Der Sessellift würde sie nach oben bringen und Britta musste dann nur noch alleine wieder hinab.

War das allerdings zu gewagt, am zweiten Tag? Das würde sich auf dem Idiotenhügel zeigen.

Endlich erreichte Lissy das Hotel, klopfte sich den Schnee von den Schuhen, betrat die Lobby und sah, dass Britta schon im Frühstücksraum saß.

Sie legte ihren Mantel ab und setzte sich zu ihr.

„Und wie war deine Nacht?", fragte die Freundin.

„Ruhig und traumlos", gab ihr Lissy zurück und fragte jetzt ihrerseits dasselbe.

„Auch ganz ok", erwiderte Britta.

Der Kaffee kam und Lissy langte ordentlich zu, denn der kurze Weg hatte sie hungrig gemacht.

Nach dem Frühstück und dem Umziehen standen sie eine Stunde später auf dem kleinen Hügel am Rande der Stadt, wo alle Kinder hier irgendwann mal gelernt hatten, auf den Brettern zu stehen.

Eine Gruppe halbwüchsiger Jungen befand sich auch dort und lief ihnen ständig über den Weg. Die Burschen spotteten gelegentlich über Brittas Versuche, aber so schlecht stellte sich die Freundin gar nicht an. Die Lästereien nervten dennoch gewaltig!

„Wollen wir es heute mal von da oben versuchen?", fragte Lissy deshalb schließlich ihre Freundin und zeigte mit dem Skistock auf die Bergstation des Sesselliftes.

Britta schaute abschätzend hinauf und nickte dann darauf.

Also gingen sie zur Talstation, setzten sich in die Sessel und fuhren hinauf.

Oben angekommen zögerte Britta kurz, bevor sie sich schließlich abstieß und langsam den Hang hinab rutschte.

Es sah nicht sonderlich elegant aus, aber die Freundin kam ohne Sturz bis zur Talstation.

Schnell gondelten sie wieder hinauf und die nächste Fahrt war etwas rasanter. Offenbar hatte Britta jetzt Vertrauen in ihre Fähigkeiten gewonnen.

In der nächsten Stunde fuhren sie einige Male nach oben und wieder hinab.

Es war Samstagvormittag und daher am Skihang noch nicht viel los, wodurch sie immer schnell einen Platz im Lift bekamen.

Doch mit der Zeit wurde es immer voller auf der Piste.

Irgendwann kam dann der Moment, an dem ein anderer Skifahrer, offenbar mit noch weniger Erfahrung als Britta, unbeholfen in ihre Spur wechselte.

Lissy sah das Desaster, bevor Britta überhaupt verstanden hatte, was sicherlich gleich passieren würde. Sie schloss die Augen und wollte eigentlich gar nicht sehen, was in wenigen Atemzügen mit ihrer unerfahrenen Freundin geschehen würde.

Der Bums und Brittas darauf folgender ziemlich derber Fluch waren sehr laut zu hören.

Lissy riss die Augen auf und blickte zu Britta, doch die stand einfach nur vor ihr und schimpfte. Der Mann hob gerade ab und flog ein Stück durch die Winterluft, bevor er über den Schnee kugelte und weiter unten auf der Piste liegen blieb.

Eilig fuhr sie zu Britta, doch der Freundin war glücklicherweise nichts geschehen.

Zu zweit zogen sie zu dem Mann nach vorn, der noch immer unbeweglich im Schnee vor ihnen lag.

Als sie neben ihm bremsten, erhob sich der Mann und beschimpfte sie mehr als unflätig, dass sie keine Ahnung hätten.

Ein Schlagabtausch mit Worten begann, bis der Mann seine Skistöcke zu greifen bekam und sie erschrocken zurückwichen.

Ziemlich rasant schoss eine Skifahrerin zu ihnen herab, an deren orangefarbener Jacke das Abzeichen der Pistenwache deutlich zu erblicken war.

Die Frau bremste unmittelbar vor ihnen und mischte sich mit in das Gespräch ein.

„Ich habe gesehen, dass sie einfach in eine fremde Spur hineingewechselt sind. Wenn sie keine Ahnung haben, dann sollten sie erst mal da unten üben!", fuhr sie den Mann ziemlich barsch an, der sich daraufhin kleinlaut nach unten verzog.

„Dankeschön", bemerkte Britta.

„Gern geschehen, Britta", entgegnete die andere Frau.

„Kennen wir uns?", fragte Britta überrascht nach.

„Ich bin es, Bettina", gab die Frau ihr lächelnd zurück.

Sie trug eine dunkle Skibrille und ein paar kurze hellbraune Strähnen ragten vorn unter ihren Helm hervor.

„Ach, Bettina. Du bist heute gar nicht in deinem Laden?", erkundigte sich die Freundin.

„Heute ist Samstag, da mache ich die ehrenamtliche Pistenwacht!", erklärte Bettina und zeigte auf das Abzeichen an ihrem Ärmel.

„Das ist meine Freundin Lissy", entgegnete Britta.

„Danke für die Karte!", bemerkte Bettina und gab ihr die Hand.

„Welche Karte?", fragte Lissy zurück.

„Na die zur Weihnachtsfeier der Feuerwehr!", antwortete Bettina.

„Ich wusste gar nicht, dass ich eine hatte", erklärte Lissy und sagte: „Ich bin Lissy Wolf!"

„Angenehm. Bettina Hase. Momentan Skihase!", entgegnete die Frau und musste dabei lachen.

„Hat dein Dirndl den Tanz gut überstanden?", erkundigte sich Bettina jetzt bei der Freundin.

„Ähm, ja", erwiderte Britta und wurde deutlich rot im Gesicht.

Irgendwie hatte die Freundin wohl Geheimnisse vor ihr, aber Lissy ließ ihr das gern durchgehen, denn schließlich war sie ja hier im Urlaub.

„Wollen wir irgendwo einen Kaffee trinken und ein Stück Kuchen essen? Ich habe einen Bärenhunger!", setzte Britta hinzu. Vermutlich tat sie das jetzt, um aus dieser Situation herauszukommen.

„Gern! Ich habe auch gerade Pause! Da unten gibt es die beste Sahnetorte nördlich von Rom!", erklärte Bettina und zeigte mit dem Skistock nach unten, wo sich neben der Talstation ein kleines Café befand.

Britta nickte.

Unverzüglich stieß sich Bettina ab und jagte davon. Sie fuhr sehr elegant und sicher. Mit geübten Schwüngen schoss sie ins Tal hinab und sie beide schlossen sich ihr an.

Als sie unten ankamen, begrüßte sie die Frau schon mit einem Lächeln. Ihre Ski standen bereits neben dem Eingang und sie zeigte zur Tür. Noch trug sie den Helm und die getönte Brille.

Zu dritt traten sie ein, Bettina hängte die Jacke an die Garderobe und legte auch den Skihelm dazu. Ein hellbrauner kecker Pferdeschwanz kam darunter zum Vorschein. Kurz richtete Bettina sich die Frisur, dann ging sie ihnen voran.

Sie bewegte die Hüften, als wäre sie immer noch auf der Piste und Lissy konnte gerade nicht woanders hinsehen. Die Bewegungen der anderen Frau waren geschmeidig und katzenhaft.

Wenig später saßen sie am Tisch und jetzt konnte Lissy die Frau richtig ansehen. Ihre Augen faszinierten sie sofort. Groß und braun, wie die eines Rehkitzes im Walde waren sie. Die langen Wimpern verstärkten noch dieses Bild und zusammen mit den Haaren, die dieses wundervolle Gesicht umrahmten, schaute Bettina jetzt wirklich ein klein wenig wie Bambi aus.

Bettina saß ihr gegenüber, hielt den Kopf ein kleines wenig schief und spielte mit einer kurzen Haarsträhne, die immer wieder nach vorn fiel.

Lissy hatte das Gefühl, dass diese wunderschönen braunen Augen sie fixierten und durchdrangen.

Britta bestellte für sie drei, weil weder Bettina noch sie momentan den Blick vom jeweils anderen lösen konnten.

Das fühlte sich gerade mehr als großartig an und so ein wenig von Margot lag ebenfalls in Bettinas Blick.

24. Kapitel

Eine Sünde wert

Bereits den ganzen Tag freute sich Britta schon darauf, dass sie Simon am Abend wiedersehen würde. Zumindest hoffte sie das, nach seiner Verabschiedung. Sie hatte sich vorgenommen, Bettina nach dem Mann zu befragen, doch sie hatte nicht erwartet, dass sie Bettina auf der Piste treffen würde.

Momentan war sie mit den beiden Freundinnen im Café, saß auf einem gemütlichen Stuhl und blickte auf die Karte.

Sie befanden sich an einem Tisch für Drei in der Ecke des Raumes und weder Bettina noch Lissy hatten gerade ein Auge für die Speisekarte, oder für sonst etwas in dem Innenraum des Gebäudes.

Als die Bedienung an den Tisch trat, bestellte sie drei Kaffee und drei Stück von der Sahnetorte, die anderen beiden ignorierten die junge Frau völlig.

Lissy und Bettina saßen sich gegenüber und konnten offensichtlich keinen Blick mehr voneinander lassen oder ein Wort sagen. Die Luft zwischen ihnen schien zu knistern!

Britta schaute zu Bettina und es war schon etwas peinlich für sie gewesen, dass die Freundin

166

Lissy von der Karte und dem Dirndl erzählt hatte. Gerne hätte sie zuvor mit ihr gesprochen, um sie auf Lissy vorzubereiten, oder ihr eine Warnung zu geben.

Und noch mehr befürchtete sie gerade, dass Bettina das Zusammentreffen von ihr und Simon vom Vorabend unbedacht ausplauderte.

Momentan wusste sie selbst noch nicht mal, was da überhaupt vorgefallen war und es wäre ihr, Lissy gegenüber, ziemlich peinlich, falls es da zu irgendwelchen frivolen Handgreiflichkeiten auf der Tanzfläche gekommen wäre.

Wie würde Lissy dann, in Anbetracht des Filmes, darauf reagieren? Sicherlich mehr als verärgert.

Britta blickte jetzt von der einen zur anderen.

Momentan hätte man eine Kanone abfeuern können und weder Lissy noch Bettina hätten das bemerkt.

Sie waren offensichtlich beide in der jeweils anderen versunken und unterhielten sich, ohne ein Wort zu sagen. Ihre Augen sprachen wohl Bände!

In ein oder zwei Minuten würde der Kaffee kommen und bis dahin musste sie Bettina warnen, bevor diese sich aus Versehen dennoch verplapperte.

Sollte sie einfach mit dem Fuß unter dem Tisch ein Zeichen an Bettina senden?

Bevor sie aber etwas Derartiges tun konnte, erhob sich die Freundin und erklärte: „Ich muss mal!"

Langsam ging Bettina zur Toilettentür hinüber und warf, direkt davor stehend, so einen sehnsuchtsvollen Blick über die Schulter zu ihnen zurück. Es war eine Einladung für Lissy, ihr zu folgen, doch die Freundin schaute nicht dorthin, sondern auf ihren Platz herunter.

Lissy war völlig in Gedanken versunken und lächelte still in sich hinein.

Das war die Gelegenheit für Britta, um mit Bettina zu reden, bevor sie doch noch etwas über Simon verraten würde.

Sie erhob sich wortlos und folgte der Freundin.

Als sie die Toilette betrat, stand Bettina am Waschtisch und drehte sich lächelnd zurück. Dann erkannte die Freundin sie und das Lächeln verschwand.

„Ach, du bist es bloß", sagte sie.

„Ja. Du hast wohl Lissy erwartet. Ich glaube, sie hat nicht mal bemerkt, dass du zu ihr zurückgesehen hast", entgegnete sie.

Bettina seufzte und wandte sich zum Spiegel zurück.

„Deine Freundin ist wirklich süß", gab ihr Bettina zu verstehen, während sie einen Lippenstift aus der Tasche angelte und sich die Lippen mit einem hellen Rosa überzog.

„Ich wollte dich eigentlich etwas fragen", begann Britta und stockte für einen Moment.

„Raus mit der Sprache!"

„Bitte sage Lissy nichts von mir und Simon", setzte Britta fort.

Bettina zog eine Augenbraue hoch und nickte.

Sie setzte zu einer Erklärung an, doch Bettina winkte ab.

„Was ist eigentlich gestern Abend zwischen mir und Simon geschehen?", erkundigte sie sich schnell noch.

„Totaler Filmriss?", entgegnete Bettina schmunzelnd.

„Kurzfristiger Aussetzer des Denkens! Ich weiß noch, wie ich mit ihm getanzt habe und danach waren wir in meinem Hotelzimmer, dazwischen fehlt mir irgendwie alles!"

„Ihr habt drei Tänze durchgehalten, dann seid ihr beide ziemlich hektisch verschwunden. Ich hätte nicht gedacht, dass ihr es bis in dein Zimmer schaffen würdet", erwiderte Bettina und lächelte sie an.

„Das Dirndl hat allerdings gehalten. Du hast da wirklich eine ausgezeichnete Arbeit geleistet", setzte Britta noch hinzu.

„Ja, gelegentlich geht es da heiß her und deswegen mache ich die Nähte immer doppelt. Zur Sicherheit, obwohl ich anderenfalls vermutlich besser verdienen würde!", gab Bettina ihr schmunzelnd zurück.

„Wir sollten wieder hineingehen. Unser Kaffee ist bestimmt schon auf dem Tisch", erklärte Bettina und trat zur Tür.

Britta folgte ihr eine Minute später.

Der Kaffee stand wirklich bereits für sie bereit und die Tortenstücke waren gigantisch groß.

„Da werde ich mal sehen, ob du übertrieben hast!", erklärte Britta und setzte sich auf ihren Platz.

Mit der Gabel verschwand das erste Stück der Sahnetorte in Brittas Mund und entlockte ihr einen Wohllaut. Mäxchen hätte jetzt sicherlich angefangen zu schnurren!

„Die ist ja gigantisch!", entfuhr es ihr.

„Habe ich doch gesagt!", bemerkte Bettina triumphierend.

Die Teller leerten sich zusehends und Britta bestellte sich noch ein zweites Stück.

Die beiden anderen sahen sie fragend an, doch sie hob einfach entschuldigend die Schultern.

Während das zweite Stück Torte auf dem Weg zu ihr war, erhob sich Bettina abermals von ihrem Platz und schwebte regelrecht aus dem Raum hinaus.

Erneut warf sie von der Toilettentür aus einen schmachtenden Blick über die Schulter zurück.

Diesmal hatte die Freundin ihr ebenfalls nachgeblickt, aber Lissy folgte ihr nicht.

Sollte sie die einfach hinterherschicken?

Das war ja eigentlich Bettinas Absicht gewesen, aber die wusste nicht um Lissys Schicksal. Augenblicklich blieb Britta nur übrig, der begriffsstutzigen Freundin auf die Sprünge zu helfen, denn schließlich konnte nur Lissy entscheiden, ob sie Bettina folgen wollte.

Britta legte ihre Hand auf Lissys Arm.

Die Freundin blickte sie fragend an.

„Du solltest ihr folgen!", bemerkte Britta leise, damit es nur Lissy hören konnte.

„Meinst du?", gab sie ihr zweifelnd zurück.

„Hast du ihren Blick gesehen?", entgegnete Britta.

Lissy nickte und seufzte: „Ich darf ihr nichts von mir sagen und was ist, wenn sie gar nichts von mir will, sondern was von dir?"

„Vertraue mir, der Blick galt eindeutig dir und wenn du ihr nicht folgst, dann könntest du es eventuell bereuen", erklärte Britta und nahm das nächste gigantische Stück Torte von der Bedienung entgegen.

Fragend blickte Lissy erneut zur Tür und wartete darauf, ob Bettina wieder zu ihnen zurückkommen würde, doch Britta wusste es ja bereits besser.

„Na, wenn du meinst", erklärte Lissy zweifelnd, erhob sich schließlich von ihrem Platz und ging zur Toilettentür hinüber.

Jetzt blickte Britta ihr nach. Entweder würden die beiden gleich wiederkommen, oder erst in einer Stunde!

Britta winkte die Bedienung zu sich und bestellte noch einen Cappuccino.

Zwar hatte sie Bettina noch nichts über Simon fragen können, aber sie würde einfach auf den Mann warten müssen.

Sollte er allerdings am Abend nicht zu ihr kommen, dann konnte sie ja auch Magda vorsichtig nach deren Bruder befragen.

Die Torte war jedenfalls göttlich.

Die war eine Sünde wert! Genauso wie Simon!

25. Kapitel

Hase und Wolf

Bettina war wirklich faszinierend und schwebte geradezu aus dem Café hinaus. Dieser Blick, den sie ihnen dabei zurückwarf, war eigentlich Leidenschaft pur. Es war eine Einladung, ihr zu folgen, doch Lissy zögerte, weil sie sich dies nicht traute.

Vor dem Tortenstück hatten sich ihre Augen stumm unterhalten. Bettinas Gesten waren denen von Margot so unglaublich ähnlich, dass sie eine jüngere Ausführung der Frau sein konnte, doch deutete sie die Zeichen richtig, die sie ihr gab?

Was geschah, wenn sie ihr jetzt folgen würde und die Frau in der Toilette mit ihren Avancen überforderte?

Der nächste Skandal wäre da und was der Großvater dann mit ihr machen würde, das war Lissy mehr als klar. Nach dem Desaster mit Jim käme eine lesbische Liebe dazu, die sie bisher nur im Stillen und tief in sich verborgen ausgelebt hatte.

Wenn sie Bettina küssen würde und ein Skandalreporter davon ein Foto machte, dann war sie komplett am Arsch! Dann würde ihr nichts und niemand auf der Welt mehr helfen können!

Die Warnung des Großvaters war unmissver-ständlich und dennoch war da immer noch dieses Sehnen nach Glück in ihrer Brust.

„Geh ihr nach", forderte Britta sie gerade lei-se auf.

„Soll ich, oder nicht?", sauste es durch ihren Kopf.

Die Angst kämpfte mit dem Verlangen, die Vorsicht mit der Gier!

Selbstverständlich hatte sie diese Blicke ge-spürt und ihr Unterleib kribbelte schon so schön, aber dennoch war da diese Furcht, die auch alles verderben konnte.

Schließlich entschied sie sich, auf die Toilette zu gehen. Da war ja nichts dabei und im Zwei-felsfalle konnte sie ja auch einfach sagen, dass sie sich nur den Lippenstift auffrischen wollte.

Das Verlangen hatte gesiegt und zog sie hin-ter Bettina her.

Mit schnellen Schritte überwand sie die Ent-fernung bis zur Tür, schob diese auf und stand alleine in dem Raum.

Lissy war fast ein wenig enttäuscht. Was hatte sie erwartet? Dass die andere Frau jetzt einfach hier war und sie dieses Spiel der Augen auch mit Worten fortsetzen konnten? Vielleicht!

Doch Bettina war offenbar wirklich nur hier-her gegangen, um auf die Toilette zu gehen.

Lissy trat an den Waschtisch und wusch sich die Hände, aber aus dem Augenwinkel und über den Spiegel vor sich spähte sie zur Seite, wo sich die Türen der Kabinen befanden.

Eine davon war geschlossen und dort musste Bettina sein!

Die Lust wollte sie dorthin ziehen, aber die Angst hielt sie davon ab.

Oder die Vernunft?

Nebenan saßen ein Dutzend Menschen und ein einziger Schrei der Überraschung von Bettina würde reichen, dass alle hier drin sein würden.

Zwar stand dann ihr Wort gegen das von Bettina, aber trotzdem würde es dann nicht gut für sie aussehen. Der Verdacht eines Skandals würde dem Großvater sicherlich schon reichen, um sie für immer zu verstoßen.

War das die Sache wert? Das Sehnen in ihrer Brust sagte: „Ja!"

Eigentlich hätte sie jetzt wieder gehen müssen, doch sie konnte sich von diesem Platz nicht mehr lösen.

Auf das Becken gestützt blieb sie an dem Waschtisch stehen und ließ sich immer weiter das warme Wasser über die Hände laufen.

Sie wartete regelrecht darauf, dass Bettina die Tür aufschieben würde und zu ihr kam, doch nichts dergleichen geschah.

Irgendwann musste sie schon mehr als fünf Minuten die Hände unter dem Wasserstrahl haben und aus der Kabine drang noch immer kein einziger Laut.

Schließlich öffnete sich die Tür, aber Bettina kam nicht heraus.

Von ihrer Stelle aus konnte Lissy nicht sehen, was die Frau dort drin tat und das weckte jetzt auch noch ihre Neugier.

Im Zweifelsfalle konnte sie jetzt immer noch behaupten, dass sie Bettina nur bei irgendetwas behilflich sein wollte.

Lissy drehte das Wasser ab, trocknete sich die Hände an einem Tuch ab und trat zu der jetzt offenen Kabinentür.

„Hallo? Kann ich dir irgendwie helfen?", fragte sie.

„Ich dachte schon, du fragst nie!", entgegnete Bettina, griff nach ihrer Hand und zog sie in die Kabine.

Hinter ihr verriegelte sie die Tür, drückte sie mit dem Rücken gegen die Wand und raubte sich unvermittelt einen stürmischen Kuss.

Dieses Gefühl, die zarten Lippen der anderen Frau auf den ihren zu spüren, war einfach nur großartig.

Bettina kam einfach unumwunden auf den Punkt. Ohne zu zweifeln oder etwas zu fragen. Das, was ihrer Augen zuvor versprochen hatten, das setzten ihre Lippen jetzt ohne ein Wort in die Tat um!

Und da die Kabinentür geschlossen war, würde es auch keiner sehen können, was sie hier drin gerade begannen.

Die Angst fiel gänzlich von ihr ab und das Verlangen wurde übermäßig!

Lissy nahm das Gesicht der anderen Frau in beide Hände und erwiderte den Kuss leidenschaftlich.

Bettinas Zunge schob sich in ihren Mund und wurde sofort ungeduldig von der ihren begrüßt.

„Diesmal schnappt sich der Hase den Wolf!", erklärte Bettina, als sie den Kuss für einen Moment unterbrach.

Soeben war die pure Lüsternheit in ihren Augen zu erblicken. Das war nicht mehr Bambi, das war ein Raubtier auf Beutezug!

Abermals hatte Lissy den Gedanken an Margot in ihrem Kopf. Damals war es ähnlich gewesen. Nach unzähligen Sitzungen, die sie bei der Therapeutin auf dem Sofa gelegen hatte, waren sie dann irgendwann in der Toilette der Klinik wie ausgehungerte Tiere übereinander hergefallen.

Mit dieser Erinnerung kribbelte es momentan noch viel stärker in ihr.

Im Augenblick war es ihr völlig egal, ob jetzt jemand auf die Toilette kam, momentan war nur noch wichtig, dass sie beide kommen würden!

Abermals suchten ihre Lippen Bettinas Mund, ihre Hände glitten durch die Haare der anderen Frau und das wundervolle Gefühl in ihrem Unterleib war einfach nur der Hammer.

Schließlich löste sich Bettina aus dem Kuss, ging vor ihr auf die Knie und zog ihr dabei Skihose, Hose und Slip mit einem einzigen Ruck über die Hüften bis zu den Knien nach unten, ohne die Hosen vorher aufgemacht zu haben.

„Du duftest so gut!", seufzte sie von unten und meinte damit sicherlich nicht das exklusive Parfüm, denn sie hatte momentan Lissys Schoß direkt vor der Nase.

Die Vorfreude, die pure Lust und der stürmische Kuss hatten wohl für dieses Aroma des Verlangens gesorgt, welches Bettina jetzt tief in sich aufsaugte.

Im Stehen wurden Lissys Beine weich und gegen die Wand gestützt, gaben ihre Knie leicht nach.

Mit einem Ruck riss Bettina ihr jetzt gierig die Hosen bis zu den Knöcheln herab und diese Bewegung zog auch Lissy hinterher, doch da Bettina ihre Hände hinter Lissys Knie geschoben hatte, hatte Bettina sie damit völlig im Griff.

Ohne Widerstand zog ihr Bettina die Knie nach vorn, schob diese danach zur Seite.

Sofort vergrub die Frau ihr Gesicht noch tiefer. Lissy söhnte auf und eine Gänsehaut rollte über ihren Leib.

Den Rücken gegen die Fliesen gedrückt, stand sie mit weichen Knien vor Bettina, die das sich ihr bietende Ziel sofort mit Lippen und Zunge erkundete.

Jede Angst war von Lissy abgefallen. Die unbändige Lust ließ keinen Zweifel mehr zu!

Sie griff in Bettinas Haare und zog sie noch näher an sich.

Keuchend genoss sie, was Bettina gerade mit ihr anstellte. Es war wundervoll und verdrängte alles aus ihrem Kopf.

Nur dem Genuss gab sie sich jetzt noch hin und dachte gerade noch im letzten Moment daran, sich eine Hand in den Mund zu stecken, bevor sie explosiv kam.

Zuckend, wimmernd und sich in die Hand beißend hing sie in Bettinas stützenden Händen.

Wenn die Frau sie jetzt losließ, dann würde sie einfach kraftlos an der Wand herabrutschen.

Alles drehte sich um sie herum.

Das war gigantisch!

26. Kapitel

Unter Frauen

Sie hielt die Frau fest, die sie bis zum Mittag noch nicht mal gekannt hatte und momentan hatte sie ihr Gesicht in deren Schoß vergraben.

Es war ziemlich schnell gegangen! Vom ersten Sehen, über den ersten Kuss bis zum ersten Sex in nicht mal einer Stunde! Und dann noch mit einer Frau!

Zwar hatte Bettina auch schon ein paar Erfahrungen mit Frauen gemacht, aber nur flüchtig und bisher meist nur platonisch. Freundschaften eben, keine Liebschaften. Im Ferienlager vor Jahren hatte sie mit einer Freundin mal zusammen Petting gemacht, aber mehr zum Spaß, denn bisher hatte sie Männer bevorzugt.

Im Augenblick verstand sie noch nicht wirklich, was sie hier gerade tat und dennoch schien sie bei Lissy genau den richtigen Punkt getroffen zu haben. Oder gerade deshalb, denn sie hatte instinktiv gehandelt, ohne viel darüber nachzudenken.

Sie hielt Lissy, die über ihr stöhnte und sich vor Lust wandte.

Explosiv und schnell war sie gekommen. So etwas nannten Männer wohl eine schnelle Nummer, aber was sagte man als Frau da dazu? Womöglich dasselbe!

Lissy hatte die Hände in ihre Haare vergraben und hielt damit ihr Gesicht auch weiterhin zwischen ihren Schenkel fest.

„Oh! Mein! Gott!", schnaufte Lissy über ihr und ließ endlich los.

Zitternd hing sie in ihren Händen und wenn sie diese jetzt fortzog, dann würde Lissy sicherlich in den Raum sinken.

Langsam und bedacht richtete sich Bettina auf und fuhr dabei mit den Fingern an Lissys Leib nach oben.

Schließlich fanden sich ihre Lippen für einen weiteren Kuss und danach zog sich Lissy mit fahrigen Händen eine Hose nach der anderen hoch.

So etwas Wundervolles wollte sie jetzt auch erfahren, aber nicht in einer Toilette.

„Jetzt du!", sagte Lissy schließlich.

Bettina lehnte ab und entgegnete: „Ich würde es gern etwas romantischer haben! Vielleicht bei mir zu Hause? In meinem Bett?"

„Was immer du dir wünschst!", entgegnete Lissy und schnaufte immer noch in den letzten Zügen des Orgasmus, der sie gerade regelrecht durchgerüttelt hatte.

Aber trotz ihres Einspruches drückte Lissy sie jetzt ihrerseits mit dem Rücken gegen die Wandfliesen und küsste sie leidenschaftlich.

Dieses Gefühl war einfach nur göttlich und für einen Moment überlegte sie, sich doch sofort der anderen Frau hinzugeben, aber dann siegte doch die Vernunft.

Sie lösten sich aus dem Kuss, Lissy schob die Tür einen Spalt auf und spähte hinaus.

Aber falls da jemand gestanden hatte, so würde er jetzt sowieso wissen, was sie hier gerade gemacht hatten, denn Lissys Schnaufen war unüberhörbar gewesen.

Offenbar war der Raum aber leer, denn Lissy zog sie an der Hand zum Waschtisch.

Beim Händewaschen fiel Lissys Blick auf ihre Armbanduhr und sie rief aus: „Es ist ja schon so spät! Ich muss los!"

Noch bevor Bettina ein einziges Wort entgegnen konnte, stürmte die Frau mit wehenden Haaren hinaus und rannte davon.

Zweifelnd blickte sie ihr durch die offenstehende Tür hinterher.

Britta saß am Tisch ihr genau gegenüber und schaute jetzt ebenfalls der sichtlich gehetzten Lissy nach.

So hatte sich Bettina den Abschied nicht gewünscht. Das Bett wartete doch! Und ihr kribbelnder Schoß!

Mit einem missmutigen Schulterzucken ging sie in den Gastraum des Cafés und setzte sich zu Britta, die sich offenbar schon das dritte Stück Torte gönnte.

„Was ist denn mit ihr?", fragte Bettina und zeigte mit dem Finger auf die Ausgangstür.

„Ja, weißt du, das ist eine lange Geschichte", antwortete Britta und schob sich ein Stück Torte in den Mund.

„Ich würde es dir gern heute Abend erzählen, in meinem Hotelzimmer, wo nicht so viele Ohren sind!", setzte sie noch hinzu.

„Ok, mache ich! Und jetzt muss ich zurück zur Pistenaufsicht! Bis heute Abend?"

„Ja! Meine Zimmernummer hast du ja, komm nicht zu spät, wegen Simon!", setzte Britta noch schmunzelnd hinzu.

Sie verabschiedeten sich, Bettina zog sich wieder warm an und lief zum Lift zurück.

Nur noch eine Stunde musste sie die Schicht übernehmen, die zum Glück aber ruhig verlief.

Immer wieder dachte sie dabei an diese Momente mit Lissy zurück. Und an den seltsamen Abschied. Jetzt brannte sie auf Brittas Erklärung des Verhaltens ihrer Freundin.

Mit der Abenddämmerung eilte Bettina nach Hause, zog sich um und rannte fast zum Hotel hinüber.

Die Neugier trieb sie an und wenig später klopfte sie an Brittas Zimmertür.

Die Freundin öffnete, strahlte sie an und bat sie in das Zimmer.

Eine Flasche Rotwein und ein paar Gläser standen schon auf dem Tisch bereit.

Mit etwas Knabberei und dem Wein saßen sie kurz darauf auf dem Sofa und Britta erzählte, dass Lissy gerade ziemliche Probleme mit ihrer Familie hatte. Sie berichtete von dem Missbrauch und der Erpressung von Lissys Familie, die wohl ziemlich einflussreich war.

Es klang entsetzlich, was ihr zugestoßen war und jetzt erst konnte Bettina den schnellen Aufbruch der anderen Frau verstehen.

„Weißt du, ich hatte eigentlich noch nie was mit Frauen, jedenfalls nicht so. Kuscheln und schmusen im Ferienlager, gegenseitiges streicheln ja, Petting möglicherweise, aber so wirklich Sex noch nie!", erzählte sie.

„Dafür ist Lissy aber ziemlich schnell gekommen", gab ihr Britta schmunzelnd zurück.

Das konnte sie doch unmöglich gehört haben! Oder doch?

Gerade war es ihr ein wenig peinlich, denn die größte Tratschtante der Stadt hatte dort im Raum gesessen!

„Erzähle mir was von Simon, wie ist er so?", fragte Britta schnell nach.

„Ja, Simon. Wir waren in derselben Klasse. Er ist Single und hat momentan wohl auch keine Freundin. Seine Jobs bei der Feuerwehr und bei der Bergrettung lassen ihm wohl auch nicht viel Freizeit!", erklärte Bettina.

„Ich hoffe, er meint nicht, dass ich nur einen Urlaubsflirt haben will! Ich denke gerade ernst-

184

haft darüber nach, für immer hier zu bleiben und mit der anderen Britta den Laden zu führen", setzte Britta hinzu.

Es klopfte an der Zimmertür.

„Das wird Simon sein!", fuhr es aus Britta heraus, als stände sie unter Strom.

„Dann will ich das junge Glück mal nicht zu lange voneinander trennen!", entgegnete Bettina und erhob sich von ihrem Platz.

Gemeinsam gingen sie zur Tür, verabschiedeten sich und sie wäre beinahe von Simon über den Haufen gerissen worden, als Britta die Zimmertür öffnete.

Auf dem Heimweg dachte sie unentwegt an Lissy.

Diese bizarre Situation in der Toilette ging ihr nicht mehr aus dem Kopf. Und sie hatte wieder Lissys Augen vor sich.

Es schien ihr, als würden sie sich schon ewig kennen und hätten sich gerade erst wiedergefunden. Sie freute sich darauf, dass Lissy am nächsten Tag zu ihr kommen würde.

Sonntags war ja ihr Laden geschlossen und sie hatte Zeit.

Später im Bett stellte sie sich Lissy vor und dachte dabei an das, was der nächste Tag bringen würde. Dazu gingen ihre Finger auf Wanderschaft und sie schlief schließlich selig und entspannt ein.

27. Kapitel

Mit allen Sinnen

Glücklich und beschwingt tänzelte Lissy den Burgberg auf dem Weg hinab. Die Sonne stand gerade mal Fingerbreit über dem Horizont, der sich allerdings in den Bergen etwas weiter oben befand.

Noch nicht lange war die Stadt unter ihr in das Licht des Sonntages getaucht und trotzdem war Lissy schon unterwegs.

Ungeduldig hatte sie auf das Öffnen des Burgtores durch den Kammerdiener gewartet!

Früher wäre sie zu dieser Zeit an einem Wochenende gerade mal müde in ihr Bett gegangen.

Das war gar nicht mal so lange her und dennoch schien es vor ewigen Zeiten gewesen zu sein.

Keine vier Wochen zuvor hatte sie noch das nächtliche Partyleben in der Stadt in vollen Zügen genossen.

Und dann war da dieser verheerende erste Advent gewesen, an dem sie dort nach der Nacht mit Jim im Hotelzimmer erwacht war. Gerade war es der dritte Advent und Lissy blinzelte in den neuen Tag. Irgendwie ging das alles ziemlich schnell, den Kummer aus sich zu vertreiben. Und hoffentlich blieb der Schmerz dort, wo keine Sonne ihn jemals wiederfinden würde!

Der Orgasmus des Nachmittags zuvor hatte jedenfalls für eine entspannte Nacht gesorgt. Ohne Albträume!

Und die Aussicht auf Bettina beflügelte sie gerade regelrecht. Von Britta hatte sie am Abend zuvor per SMS die Adresse von Bettinas Wohnung erhalten und jetzt suchte sie das Haus.

Bei dieser Suche hatte sie ständig Bettinas Augen vor sich.

Dieser Blick hatte sie einfach in seinen Bann gezogen. Es war ihr, als ob sie die eigentlich noch völlig unbekannte Frau schon ihr ganzes Leben lang kannte. Oder immer nach ihr gesucht hatte.

„Sie haben das Ziel erreicht!", meldete sich jetzt das Handy.

Lissy schaute nach oben auf das schöne Gebäude mit dem geschmackvollen Stuck an der Fassade und spürte, wie ihr Herz vor Aufregung bis zum Halse schlug. So ähnlich hatte sie sich immer gefühlt, wenn sie zu Margot gegangen war.

Ein steinerner Himmelsbote befand sich über der Eingangstür und irgendwo dahinter wohnte ein leibhaftiger Engel!

„B. Hase", stand am Schild und der rote Klingelknopf daneben schien sie regelrecht anzuflehen, ihn zu betätigen.

Konnte sie Bettina allerdings so früh schon wecken? Schließlich hatte die Frau ja gerade Wochenende.

Doch jetzt stand sie hier und ihr aufgeregt schlagendes Herz würde es nicht zulassen, dass sie so einfach wieder ging!

Nervös zog sie den Handschuh aus, legte den Zeigefinger auf den Klingelknopf und drückte diesen entschlossen.

Anschließend wartete Lissy aufgeregt und es schien ihr eine Ewigkeit zu dauern.

Die Sekunden dehnten sich zu Jahren und gerade wollte sie enttäuscht gehen, als Bettinas Stimme in der Sprechanlage fragte: „Wer klingelt so früh?"

„Ich bin es", sagte Lissy und setzte kurz darauf hinzu: „Lissy", weil die Frau ja unmöglich wissen konnte, wer mit »Ich« gemeint war.

„Ach Lissy! Schön, komm herauf!", ertönte die freudige, sich fast überschlagende Antwort.

Der Summer ertönte und die Tür schwang vor ihr auf.

„Die dritte Etage!", hörte sie noch Bettina rufen, dann stand Lissy auf der untersten Stufe der Treppe.

„Komm rauf!", rief Bettina noch einmal, dieses Mal aber von oben durch das Treppenhaus.

Lissy hob den Kopf und sah die Frau von dort winken.

Jetzt zog es sie förmlich hinauf. Man hätte sagen können, sie hastete über die Treppe, so schnell hatte sie die drei Etagen überwunden und stand einen Augenblick später vor der nur angelehnten Wohnungstür.

Ein hölzerner Hase mit einem lustigen Gesicht zierte die Tür. Dieses Mal würde der Wolf sich den Hasen schnappen!

Lissy schob den Wohnungseingang auf und schaute in den Raum.

„Hallo, Bettina?", fragte sie in eine leere Stube hinein.

Die Wohnung war gemütlich eingerichtet und ein wenig festlich geschmückt. Die Geräusche aus einem anderen Zimmer klangen wie das Klappern von Geschirr.

Freudig strahlend kam Bettina im Bademantel, mit nassen Haaren und einem Tablett mit Tassen und Tellern in den Händen, zu ihr zurück.

„Hätte ich später kommen sollen?", erkundigte sich Lissy vorsichtig, doch Bettina gab ihr einfach einen Kuss.

„Nein! Setz dich! Ich bin gleich wieder da!", verkündete sie, stellte das Tablett auf einem Tischchen ab und eilte danach aus dem Zimmer.

Lissy schälte sich aus ihrer warmen Winterbekleidung, hängte diese an die Garderobe und hörte einen Föhn.

Sie ging zurück, stellte die Tassen und Teller hin, goss Kaffee ein und schaute sich schließlich in dem Raum um.

Viele bunte Bilder hingen an einer Wand und Lissy trat an diese heran. Bettina war auf fast jedem davon mit irgendwelchen Freunden zu sehen.

Durch das Fenster konnte man sogar die Burg sehen, aber das war wohl durch viele Fenster in der Stadt möglich, denn der Burgberg überragte die Ortschaft eben.

Der Föhn verstummte und keine zwei Minuten später stürmte Bettina mit wehenden Haaren in den Raum zurück.

Jetzt trug sie ein hübsches Kleid und kam auf sie zu. Die folgende Umarmung war herzlich und der erneute Kuss wunderschön, wenn auch etwas kurz.

Einen Augenblick später saßen sie sich am Tisch gegenüber.

„Britta hat mir gestern gesagt, was dir geschehen ist. Geht es dir wieder gut?", fragte sie.

„Ja! Jetzt schon wieder!", entgegnete Lissy, nahm einen Schluck Kaffee und der war wirklich richtig gut!

„Hast du eine Maschine?", fragte Lissy, um von ihrer Aufgeregtheit abzulenken.

„Nein! Der ist von Hand gebrüht, wie ihn meine Oma früher immer gemacht hat!", gab Bettina ihr lächelnd zurück.

Ihre Augen strahlten regelrecht und zogen Lissys Blick abermals wie magisch an.

Über den Rand ihrer Tassen hinweg fixierten sie sich beide. Wer würde den ersten Schritt tun?

Die Tür zum Schlafzimmer stand einen Spalt weit offen und Lissy bemerkte dahinter ein gemütliches Bett, zwar etwas zerwühlt, aber mit einer bunten Bettwäsche darauf.

Offenbar hatte Bettina diesen Blick bemerkt, denn sie sagte: „Das gestern war mein erstes Mal mit einer Frau. Ich hatte vorher noch nie ...“

„Es war einfach nur wunderschön!“, entgegnete Lissy schnell, stellte die Tasse ab und beugte sich vor.

Sie war neuerdings in diesen himmlischen Augen gefangen und legte behutsam ihre Hand auf Bettinas Arm.

„Möchtest du vorher ein Glas Wein?“, entgegnete Bettina jetzt, um wohl ihr Herzklopfen in den Griff zu bekommen.

„Nein, danke. Mein Großvater lässt mich jeden Abend blasen, wenn ich nach Hause komme“, erklärte Lissy und erkannte das Grienen in Bettinas Gesicht.

„Nicht, was du jetzt denkst, du Ferkel! Ich muss in ein Röhrchen pusten, weil ich keinen Alkohol mehr trinken darf!“, setzte sie schmunzelnd hinzu.

„Aber das ist doch bis dahin wieder abgebaut. Oder?“, erkundigte sich Bettina.

„Ich gehe lieber kein Risiko ein!", seufzte Lissy.

„Wirklich keines? Und was ist mit dem Wagnis, sich zu verlieben?", entgegnete die Freundin.

Das Strahlen ihrer Augen wurde immer schlimmer und Lissy konnte sich nicht davon losreißen.

„Ich weiß nicht, ob ich mich darauf einlassen kann. Ich will nicht verletzt werden", hörte Lissy sich selbst sagen.

Augenblicklich beugte sich Bettina vor und flüsterte: „Trau dich!"

Es war irgendwie seltsam, was hier gerade geschah, weil doch eigentlich Bettina diejenige war, die bisher noch keine Erfahrung mit Frauen hatte.

Hätte nicht eigentlich Lissy diejenige sein sollen, die den ersten Schritt wagte?

Die Lippen der anderen Frau waren viel zu verlockend. Und so unwahrscheinlich nah!

Mit allen Sinnen wollte sie sich auf Bettina einlassen, aber der Verstand war da gerade etwas im Wege!

War es nicht wirklich Zeit, trunken zu werden? Berauscht vor Glück? Das würde der Großvater mit seinem Alkoholtest wohl kaum feststellen können!

Diese unnütze Vernunft musste zum Schweigen gebracht werden!

Bettina lächelte und Lissy nahm dieses bezaubernd lächelnde Gesicht in beide Hände. Über den Tisch hinweg kostete sie die Weichheit dieses Mundes, der so viel ohne Worte sagen konnte.

Abermals klopfte ihr Herz bis zum Halse und sie spürte in den Fingerspitzen, wie Bettinas Puls sich dem ihrigen anglich. Eine betörende Röte legte sich auf Bettinas Wangen und zog sich mit jedem Atemzug weiter bis ins Dekolletee hinab.

Sie stöhnte auf, als Lissy eine Hand über die Seite ihres Halses gleiten ließ, wobei diese der Rotfärbung folgte.

Bevor sie den Ausschnitt des Kleides erreichte, stoppte Lissy und blickte in diese großen fragenden Augen mit diesen zauberhaft langen Wimpern.

„Möchtest du es erleben, wie es ist, sich so innig fallen zu lassen?“, hauchte Lissy und jetzt übernahm sie die Führung!

28. Kapitel

Zweisam oder einsam?

&s war sicherlich schon lange hell, aber es drang nur ein Dämmerlicht durch die Gardinen des Hotelzimmers. Simon schnarchte leise neben ihr und es war Sonntag.

Am Abend zuvor hatte Lissy ihr am Telefon gesagt, dass sie den ganzen Tag bei Bettina sein würde und da traf es sich natürlich sehr gut, dass Simon an diesem Tage auch keine Bereitschaft hatte.

Nichts und niemand konnte die gemeinsame Zweisamkeit damit stören!

Schon eine ganze Weile betrachtete Britta den Mann neben sich. Er lag auf dem Bauch, hatte das Gesicht ihr zugedreht und war nur bis zur Taille mit der Decke bedeckt.

Erst vor etwa zwei Stunden hatten sie mit dem Liebesspiel aufgehört.

Simon hatte stundenlang gekonnt! So etwas war ihr noch nie passiert. Normalerweise schliefen die Männer nach dem ersten Mal ein. Selten hatte es für einen zweiten Versuch gereicht, doch Simon war ganz offensichtlich anders.

Hatte sie bis zum Tag zuvor noch geschwankt, ob sie den Schmuckladen übernehmen sollte, oder nicht, so stand nach dieser Nacht fest, dass sie es tun würde.

Blieb jetzt aber nur noch zu klären, was Simon dazu meinte und danach musste sie mit der anderen Britta übereinkommen, ob sie den Laden gemeinsam betreiben wollten.

Aber hing diese Arbeit dort von Simons Antwort ab? Eigentlich nicht!

Doch was würde sie machen, wenn er sagen würde, dass sie nur ein Abenteuer für ihn gewesen war? Würde sie dann einfach auch weiterhin nehmen, was er ihr in Zukunft zu geben bereit war? So als kleines amouröses Abenteuer für zwischendurch?

Oder darauf verzichten und sich wieder in den anderen Laden hinter die Theke stellen, um dort Schmuck zu verkaufen, der aus irgendeiner Fabrik kam?

Möglichst weit weg von Simon? Verschlossen vor dem dann sicher einsetzenden Kummer?

Ihr ganzes Leben lang hatte sie kreativ arbeiten wollen und hier bot sich ihr diese Gelegenheit.

Aber was hing da alles noch so dran? Wohnung, Arbeit und Umzug? Was zuerst?

Als erstes wohl die Arbeit in dem Schmuckladen und danach konnte sie dann sicher ein preiswertes Zimmer hier irgendwo finden.

Vielleicht auch bei Simon. Oder sollte sie zuerst mit ihm darüber reden?

Konnte das den Mann vergraulen und ihr die Chance nehmen, seine Zärtlichkeiten noch ein paar Tage länger zu genießen?

Immerhin hatte sie ja noch mehr wie eine Woche Urlaub und im schlimmsten Falle zog sich Simon von ihr zurück und sie würde in ihrer Einsamkeit zerfließen, jetzt, wo Lissy sicherlich jede freie Minute bei Bettina verbringen würde.

Erst Britta Fragen oder erst Simon?

Wenn sie Lissys Ring versetzen würde, dann hätte sie auch alleine das Kapitel, um den Schmuckladen ein paar Jahre am Laufen zu halten. Und ohne den Brillanten? Ein paar Monate! Vielleicht!

Jetzt fiel ihr die Freundin ein. Sie würde hier bleiben und Lissy eventuell zurückgehen. Vor Tagen hatte sie sich noch nicht von Lissy trennen wollen und was wurde jetzt?

Blieb sie bei Simon und Britta, dann war eine Trennung von Lissy zwangsläufig notwendig. Die Freundin würde sicherlich nie und nimmer in diesem Dorf bleiben! Oder hatte sich bei Lissy schon etwas geändert?

So viele Fragen und doch keine Antworten!

Oder nur eine Frage? Was sagte ihr Herz zu der ganzen Angelegenheit?

Grübelnd blickte sie Simon an. War er der richtige, den sie ihr Leben lang gesucht hatte?

Es fühlte sich großartig an und ein paar Schmetterlinge flogen auch schon durch ihren

Bauch, wenn sie ihn nur ansah, aber so richtig wollte sie diese noch nicht freilassen.

Was wäre, wenn er ablehnen würde?

Sie konnte ja nicht auf volles Risiko gehen.

Oder doch?

Abermals zog sein Gesicht ihren Blick auf sich. Er war wunderschön und mit seinen ebenmäßigen Zügen hätte er ein Model sein können! Und mit seinen Muskeln ein kanadischer Holzfäller! Er war witzig und intelligent! Und überhaupt: Konnte solch ein Mann wirklich noch Single sein?

Bettina hatte es so gesagt, aber Britta konnte das kaum glauben.

In ihrer Heimatstadt hätten sich die Frauen um ihn geprügelt! Was war hier anders? Ein Mann wie Simon wäre wohl in jeder anderen Stadt schon lange vergeben.

Sollte sie ihn fragen?

„Was stimmt nicht mit dir?", war die Ungewissheit, die in ihrem Kopf herumschwirrte, aber dufte sie ihn das fragen?

Oder verprellte sie ihn damit vollständig?

Vielleicht war es wirklich einfach mal Zeit, miteinander zu reden und nicht nur wie ausgehungerte Tiere übereinander herzufallen.

Zusammen in Ruhe frühstücken und reden?

Würde sie das können, wo ihr Schoß doch alleine bei seinem Anblick schon wieder so wunderbar kribbelte.

Auch das war doch nicht normal!

Zuvor hatte sie sieben Monate lang keinen Sex gehabt, noch nicht mal daran gedacht und es hatte ihr nichts gefehlt. Jetzt war es gerade mal ein paar Stunden her und sie hätte sich schon wieder auf ihn stürzen können!

Noch immer stritten Herz und Verstand in ihr. Sollte sie ihn fragen und Gewissheit haben? Oder schweigen und mitnehmen, was er ihr geben konnte?

Und da war es nicht besonders hilfreich als Entscheidungshilfe, dass ihr Unterleib sich da einmischte und das Verlangen sie beinahe sabbern ließ!

Noch schlief er neben ihr, aber sie brauchte eine Entscheidung, bevor Simon erwachte! Oder sollte sie diese vertagen, bis ihr Schoß endlich befriedigt wäre?

Eine schwere Entscheidung, die durch den Anblick seines halbnackten Körpers nur noch schwieriger wurde!

Zuerst das Frühstück abwarten?

Ein gemeinsames Essen wäre doch schon mal ein Anfang.

Genau in diesem Moment schlug Simon die Augen auf und flüsterte: „Guten Morgen, meine Schöne!"

Der folgende Kuss war so schön, dass er ihren Entschluss bereits beinahe wieder ins Wanken bringen konnte.

„Guten Morgen. Duschen und Frühstück?", fragte sie, gegen ihr eigenes Verlangen.

Simon nickte und erhob sich aus dem Bett. Nackt stand er vor ihr und hielt ihr die Hand hin.

Dieser Anblick eines nackten griechischen Gottes reichte, dass sie ihn am liebsten jetzt zu sich gezogen hätte, doch sie ließ zu, dass er sie mit sich ins Bad nahm.

Die gemeinsame Dusche war einfach nur der Hammer!

Simon wusch sie und sie ihn. Er war wirklich zärtlich, ließ allerdings zu ihrem Ärger alle erogenen Zone dabei aus. Es ging ihm hier wirklich nur darum, sich gegenseitig zu säubern.

Schließlich saßen sie wenig später am Tisch in dem großen Raum.

Sie hatten sich in Bademäntel des Hotels gewickelt und schlemmten mit dem reichhaltigen Frühstück, das der Zimmerservice gerade gebracht hatte.

Sollte sie ihm beim Essen die wichtige Frage stellen? Im Bademantel konnte er schlecht schnell verschwinden!

Zweifel sausten abermals durch ihren Kopf, denn Britta würde erst am nächsten Tag in ihrem Geschäft sein und bis dahin konnte sie noch all das genießen, was Simon ihr gab.

Britta schob die Aussprache noch ein paar Tage auf.

Schließlich war Sonntag und den wollte sie genießen! Am Montag kamen die Fragen!

Mit dem letzten Bissen fragte sie: „Nach dem Essen etwas Sport?"

Und damit Simon nicht die falschen Schlüsse ziehen würde, und sie eventuell auf die Skipiste führte, öffnete sie den Gürtel des Bademantels.

Der Stoff rutschte zur Seite und gab eine Schulter und eine Brust frei.

Simons Lächeln wurde breiter. Jetzt kam wieder eine Zeit der Zweisamkeit.

29. Kapitel

Zwischen Glück und Schmerz

Es war gekommen, wie es hatte kommen müssen. Bettina lag nackt in ihrem Bett, hatte Lissy im Arm und suchte nach Worten, um das zu beschreiben, was sie gerade erlebt hatte. Aber dazu gab es wohl keinen Ausdruck, das Gefühl jedenfalls war einfach nur unglaublich intensiv gewesen.

Aneinander geschmiegt lagen sie in dem halbdunklen Raum und kamen beide schnaufend nur langsam wieder zu Atem.

Der Schweiß der gemeinsam erlebten Lust perlte wie prickelnder Sekt über ihren erhitzten Leib. Die Brüste schmerzten wohlig durch Lissys Liebkosungen und durch ihr innerstes sausten die letzten Wellen dieses gigantischen Gipfels der Leidenschaft, über den sie beide zusammen geflogen waren.

„Oh, mein Gott", stieß Lissy schließlich aus, als sie zuerst die Stimme wiedergefunden hatte.

Erneut suchten und fanden sich ihre Münder zu einem leidenschaftlichen Kuss.

Sich gegenseitig streichelnd, blieben sie einfach im Bett. Es war schön warm in diesem Zimmer, da sie die Tür zur Stube einfach weit offen gelassen hatten. Zuvor hatten ihre erhitzten Leiber für die nötige Wärme gesorgt.

Die Decke lag irgendwo auf dem Fußboden, wo sich auch ihre hastig ausgezogenen Sachen befanden.

Die Kirchturmuhr schlug gerade zwölf Uhr mittags, was bedeutete, dass sie sich gegenseitig fast drei Stunden von einem zauberhaften Gipfel zum nächsten getrieben hatten.

Nach dem ersten Kuss hatten sie beide nicht mehr an sich halten können und es war einfach gigantisch über sie hereingebrochen.

Es hatte sich wie eine Urgewalt angefühlt und keine von ihnen beiden hatte sich dem verweigern können. Vermutlich selbst dann nicht, wenn sie es gewollt hätte.

Bettina dachte an all diejenigen Male zurück, bei denen sie Sex mit Männern gehabt hatte und bei keinem davon war es auch nur annähernd so schön gewesen, wie das, was sie gerade eben mit Lissy erlebt hatte.

Und es hatte sich ganz offensichtlich auch gelohnt, darauf zu warten, denn in der Toilette des Cafés wäre es sicherlich nur halb so intensiv und schön gewesen, wie hier im Bett.

Abermals rollte sich Lissy über sie, kniete schließlich zwischen ihren Schenkeln und leckte genüsslich den Schweiß von ihrer Haut.

„Du schmeckst so gut", flüsterte sie gierig und raubte sich den nächsten stürmischen Kuss.

In dieser Position hatte Lissy die volle Kontrolle über sie und Bettina verlor gerade den Verstand. Die streichelnden Finger der Freundin jagten sie den nächsten Hang hinauf. Es war eine Bergtour mitten im Winter, ohne das Zimmer zu verlassen!

Es dauerte keine Minute, dann fiel Bettina ins Tal hinab, doch ein Engel aus Fleisch und Blut hielt sie sicher in seinen Armen.

Schnaufend blickte sie zu Lissy auf und der Puls wurde nur langsam wieder etwas ruhiger.

Es war der Wahnsinn und gigantisch!

Lissy war nicht nur dem Namen nach ein Wolf. Waren ihre Gelüste erst einmal geweckt, so wurde sie zum Raubtier! Und jetzt knurrte sogar ihr Magen sie an.

„Sollen wir uns eine Pizza für das Mittag bestellen?", fragte die Freundin sie daher nach einem weiteren Kuss.

Die Fragestellung zeigte ihr augenscheinlich, dass Lissy nicht einen Moment länger als unbedingt nötig das Bett verlassen wollte. Und sie ja eigentlich auch nicht.

Schnell war die Nummer des Lieferdienstes gewählt und eine vegetarische Pizza bestellt, auf die sie sich beide schnell geeinigt hatten.

Selbst ihr Geschmack war ähnlich, wie Bettina gerade erfreut feststellen konnte.

Als der Lieferant dann klingelte, musste sie sich notgedrungen aus Lissys Armen lösen, sich den Bademantel überwerfen und die Pizza in

Empfang nehmen. Unter dem flauschigen Baumwollstoff war sie nackt und der Lieferant eigentlich ganz süß.

An jedem anderen Tag hätte er bei ihr gute Chancen auf ein etwas anderes Trinkgeld gehabt, aber mit Lissy in der Wohnung bezahlte sie schnell und knallte die Tür wieder zu, bevor der Mann lächelnd eine diesbezügliche Anfrage starten konnte.

Leichtfüßig eilte sie zurück, warf unterwegs den Mantel ab und flog in die Arme der Geliebten zurück.

Nackt im Bett sitzend verspeisten sie die Pizza und fütterten sich gegenseitig damit.

Allerdings war dies eine ziemliche Sauerei und nachdem sie beide satt geworden waren, mussten sie sich duschen gehen und das Bett würde danach auch noch neu bezogen werden müssen.

Das gemeinsame Duschen unter der ziemlich beengten Brause war sehr erregend und endete natürlich mit einem gemeinsamen Höhepunkt der Lust, wobei Bettina erst hinterher feststellte, dass sie das als selbstverständlich angenommen hatte.

Die paar Mal, die sie bisher bei Männern auch auf ihre Kosten gekommen war, konnte sie an den Fingern zweier Hände abzählen. Und die Menge der an diesem Tage mit Lissy erlebten Gipfelpunkte hatte dieses Maß bereits fast erreicht.

Es war irgendwie wie purer Sprengstoff, wenn sie nur aufeinandertrafen.

„Mein Herz ist Dynamit, das deinen Funken ersehnt", hieß es in ihrem Lieblingsmusical. Das musste wohl so ähnlich sein, nur dass Lissy kein Vampir war. Ihr gab sie gern ihren Hals!

Die Freundin ging einfach nackt durch den Sonnenschein zum Schlafzimmer hinüber und Bettina konnte keinen Blick von deren Körper abwenden.

Lissy war so anmutig in ihren Bewegungen, so grazil, zärtlich und gleichzeitig so stark und kraftvoll.

Vor dem Bett stehend wandte sich Lissy zu ihr zurück und bot ihr somit einen wundervollen Blick auf ihre Vorderseite.

Wie eine Göttin stand sie im Sonnenlicht. Man hätte es malen oder fotografieren müssen, aber Bettina ließ, beim Gedanken an das, was Lissy geschehen war, die Frage lieber sein, ob sie so von der Geliebten ein Bild machen durfte.

Ihr Blick fiel an Lissy vorbei auf die Anzeige des Weckers und sie stöhnte auf. Es ging schon auf 15:00 Uhr und sie wusste, dass die Freundin schon bald wieder gehen musste.

Auf den fragenden Blick der Freundin hin erklärte sie: „Du musst dann wieder heim! Ich würde so gern noch länger bei dir sein, aber ab morgen früh muss ich arbeiten und du bist in der

Nacht nicht da. Da können wir uns erst am Sonntag wieder so nahe sein!"

Jetzt seufzte auch Lissy und blickte ebenfalls zum Wecker.

„Ich würde dich gern zu mir einladen, aber das würde die Geduld meiner Familie erst recht über die Gebühr strapazieren", entgegnete Lissy und griff sich ihre Sachen vom Boden.

„Und wenn du mal fragst?", versuchte Bettina die Freundin zu überreden, denn zu gern würde sie einfach eine ganze Nacht in Lissys Armen sein.

„Noch so ein Ausrutscher und mein Großvater streicht mir das Geld. Und ich kann doch nichts!", beklagte sich Lissy und zog sich langsam an.

„Schade", entgegnete Bettina traurig und klaubte sich ebenfalls ihre Kleidung zusammen.

„Es war so wunderschön mit dir", offenbarte Lissy zum Schluss.

Sie standen in der Stube beieinander und streichelten sich.

Diese unbändige Wonne war wieder da und in wenigen Minuten wäre die Freundin fort. Aus purer Verzweiflung schloss Bettina ihre Arme um die Freundin und wollte sie nicht wieder von sich fort lassen.

Ihr Herz krampfte sich bei dem Gedanken zusammen, dass sie die Geliebte aus ihren Armen und ihrer Wohnung lassen musste. Und es würde sieben ewig lange Tage dauern, bis sie erneut diese wundervollen Lippen kosten durfte.

Das war nicht fair!

„Ich muss", drängelte Lissy schließlich, aber es war mehr als offensichtlich, dass sie eigentlich gar nicht gehen wollte.

Mit Leichtigkeit hätte sie sich aus der Umarmung lösen können, doch sie tat es nicht.

Es wurde immer später und schließlich trennten sie sich.

Lissy rannte gehetzt die Treppe hinab und Bettina stand oben, winkte ihr noch eine Weile nach, bevor sie schließlich wieder in ihre Wohnung zurückging.

Mit dem Blick auf ihr Schlafzimmer stand sie an der Tür, umarmte sich selbst und fühlte sich wieder in diese ekstatischen Momente des Vormittages hinein.

Sie nahm das Kissen, das noch Lissys Duft trug und versenkte ihre Nase ganz tief hinein.

Hätte sie beharrlicher sein müssen? Eventuell hätte das etwas genutzt, aber sie wollte Lissy ja auch nicht in Schwierigkeiten bringen.

Hin- und hergerissen zwischen Lust und Verantwortung, hatte die Vernunft gesiegt. Aber die unterdrückte Leidenschaft sorgte jetzt dafür, dass sich ihr Herz zusammenkrampfte, bei dem Gedanken daran, was sie jetzt hätte haben können.

Sie löste sich notgedrungen von dem Kissen und flüsterte: „Ich liebe dich!"

Danach strich sie sich mit den Fingerspitzen über ihre Lippen. Der Kuss der Freundin war darauf noch zu fühlen!

30. Kapitel

Vertrauen gegen Vertrauen

Nur schweren Herzens hatte sich Britta am Morgen aus Simons Armen lösen können. Er war wirklich mehr als einen ganzen Tag bei ihr gewesen und das waren die aufregendsten 24 Stunden ihres gesamten bisherigen Lebens gewesen!

Beschwingt und glücklich hatte sie sich danach zu Britta in den Laden aufgemacht und war nach dem Angebot, das Geschäft zusammen mit der etwa gleich alten Frau zu führen, ziemlich stürmisch umarmt worden.

Nach so viel Glück ging es jetzt gar nicht mehr anders, als dass sie fast über dem Boden schwebte.

Alles, was sie sich bisher nur hätte wünschen können, das trat gerade eines nach dem anderen ein. Arbeit, Liebe und Glück.

Und selbstverständlich musste sie jetzt auch Bettina darüber informieren, dass sie bald ihre Nachbarin werden würde. Zumindest in Bezug auf ihre beiden Läden, die sich ja in der Einkaufsstraße direkt nebeneinander befanden.

Freudestrahlend betrat sie das Geschäft der Freundin, die Glocke läutete und einen Moment später tauchte Bettina aus dem hinteren Bereich auf.

„Wir werden Nachbarinnen!", begrüßte Britta die Freundin und sah, dass diese darüber nachdachte.

„Ich helfe Britta ab nächsten Januar, ihren Schmuckladen zu führen. Sie hinter der Theke und ich in der Werkstatt!", setzte sie daher schnell erklärend hinzu.

„Das ist doch klasse! Das müssen wir unbedingt feiern!", rief Bettina aus und eilte nach hinten.

Sekunden später kam sie mit einer Flasche Prosecco und zwei Gläsern wieder zu ihr nach vorn.

Sie stießen an und mitten in dieser Feierlaune tauchte Lissy im Laden auf.

Sie wurde sofort von Bettina mit einem Küsschen begrüßt, lehnte den Prosecco allerdings ab.

„Der ist doch bis heute Abend wieder raus", erklärte Bettina, doch Lissy winkte dennoch ab.

„Wenn mir mein Großvater die Apanage streicht, dann bin ich am Arsch!", seufzte Lissy und blickte auf das Schaufenster, durch das die Burg deutlich zu sehen war.

„Wirklich?", fragte Bettina und setzte sich zu ihnen auf das kleine Sofa vor der Umkleidekabine.

„Es war wohl ein Fehler, dass ich keine Ausbildung gemacht habe. Ich wollte mich nicht in die Bank stellen und am Schalter irgendwelche Leute bedienen oder in staubigen Kellern Akten sortieren!", setzte Lissy fort.

„Du hast wirklich nichts gelernt?", fragte Bettina überrascht nach.

Lissy zog die Augenbrauen hoch. „Ich hätte es wie meine Schwester Franzi machen sollen, die sich da mehr als ein Jahr krumm gemacht hat!", stieß sie aus und zeigte mit der Hand zum Fenster.

Hatte sie sich jetzt damit selbst verraten?

Bettina stutzte und stellte das Glas vor sich ab. Sie folgte dem Fingerzeig der Freundin und drehte danach langsam den Kopf zurück.

„Du bist nicht wirklich Lissy Wolf? Oder?", erkundigte sie sich.

Lissy biss sich selbst auf die Unterlippe und ein gedehntes „Ähm", verließ ihren Mund, während sie offensichtlich gerade überlegte, ob sie Bettina die ganze Wahrheit über ihre Identität mitteilen sollte.

„Raus mit der Sprache!", forderte Bettina jetzt ziemlich energisch.

„Elisabeth Amalia, Gräfin von Wolfenfels!", gab Lissy schließlich kleinlaut zu.

„Und warum lügst du mich da an?", erwiderte Bettina jetzt sichtlich und hörbar gereizt.

„Na wegen der ganzen Geschichte mit Jim!", erklärte Lissy und eine erste Träne rollte über ihre Wange. „Entschuldige bitte!", setzte sie hinzu.

„Du hattest kein Vertrauen zu mir. Du hättest es mir gestern sagen können, stattdessen spielst du hier eine Rolle für mich!", entgegnete Bettina und hatte jetzt ebenfalls Tränen in den Augen.

„Mein letzter Freund hat mich nach Strich und Faden belogen! Ich will so etwas nicht mehr erleben müssen!", setzte sie mit tränenreicher Stimme nach.

„Aber wie hätte ich dies denn wissen sollen?", erklärte Lissy.

„Freunde lügen sich nicht an!", erwiderte Bettina und schnäuzte sich laut in ein Taschentuch, das sie aus eine Box auf dem Tisch gezogen hatte.

„Kannst du mir bitte verzeihen?", weinte Lissy.

Irgendwie fühlte sich Britta gerade fehl am Platze. Beide Freundinnen schluchzten auf dem Sofa. Das durfte doch nicht wahr sein!

„Bitte vertragt euch!", versuchte sie die beiden Frauen an ihrer Seite zum Einlenken zu bewegen.

Schließlich sagte zuerst Bettina: „Ok! Aber keine Lügen mehr. Das ertrage ich nicht!"

„Einverstanden! Vertrauen gegen Vertrauen!", antwortete Lissy.

„Gebt euch zur Versöhnung die Hand!", erklärte Britta.

Die beiden Freundinnen reichten sich die Hände vor ihr und zogen sich zueinander.

Sie konnte gerade noch nach hinten ausweichen, bevor sich Bettina und Lissy vor ihr einen Kuss gaben und dieser wollte gar nicht enden!

Direkt vor ihrem Gesicht verschmolzen die beiden Freundinnen beinahe miteinander.

„Könnt ihr beide nicht hinten irgendwo weitermachen?", fragte Britta irritiert, denn der Kuss dieser Versöhnung wurde gerade ziemlich heiß und leidenschaftlich.

„Ich passe auch auf den Laden auf!", setzte sie noch hinzu, aber die beiden Frauen wollten ihr wohl nicht mehr zuhören. Oder konnte es nicht mehr.

Sie waren in ihrer eigenen Welt und Britta saß zwischen ihnen! Hinter ihr war die Lehne und sie konnte nicht fort. Jetzt machte sie sich so schmal wie nur möglich, aber sie war irgendwie auch weiterhin eingeklemmt.

Verzweifelt versuchte sie, die beiden zu trennen, indem sie mit aller Kraft an deren Schultern schob.

Schließlich gelang es ihr und Bettina löste den Kuss. „Umkleidekabine?", stöhnte sie auf. Lissy nickte und beide rannten gehetzt nach hinten.

Keine halbe Minute später war ein ziemlich lautes stöhnen und schnaufen aus der mit einem Vorhang verschlossenen Kabine zu hören.

Britta saß auf der Couch, hatte das Glas in der Hand und hoffte inständig, dass jetzt nicht gerade eine ältere Frau in den Laden kam, die ein Dirndl kaufen wollte.

Zwar hätte sie die Beratung gern übernommen, aber die Geräuschkulisse war gerade ziemlich eindeutig und trieb ihr das Blut in den Kopf.

Schnell blickte sie sich um, ob es nicht eine Möglichkeit gab, diese unverkennbaren Laute irgendwie zu überdecken.

Auf einem Sideboard entdeckte sie ein Radio und sie eilte dort hin. Neben dem CD-Gerät lagen ein paar CDs. Schnell schob sie eine davon in das Gerät und drückte auf den Einschalter.

Es war allerdings keine CD mit Weihnachtsliedern, wie sie nach der Hülle gedacht hatte, sondern die Aufnahme irgendeiner bayrischen Volksmusikkapelle.

Blasmusik ertönte ziemlich laut in dem Geschäft, überlagerte damit aber sehr eindrucksvoll jedes andere Geräusch. Die Fernbedienung war nirgends zu sehen und so ließ sie das Gerät einfach so an.

Britta stellte sich an den Verkaufstresen und hoffte, dass nicht dennoch jemand in den Laden kam, der irgendetwas anprobieren wollte, denn dann würden die beiden Freundinnen in der Umkleidekabine wohl notgedrungen ihr Liebesnest verlassen müssen.

Sie blätterte in einem Katalog und schaute dabei immer wieder zur Uhr.

Wie lange konnte das denn dauern, bis sich diese aufgestaute Lust endlich entladen hatte?

Immer wieder blickte sie zum Vorhang der Kabine, doch der blieb zu.

31. Kapitel

Burgfräulein für einen Tag?

Eine ziemliche Weile hatte es gedauert, bevor sich ihre beiden Gemüter wieder beruhigt hatten. Gerade lehnte Lissy schnaufend an der Rückwand der Umkleidekabine und betrachtete die japsende Freundin.

Bettinas vorher so akkurate Kleiderordnung hatte sich in ein ziemlich desolates Bild verwandelt, aber sie selbst sah nicht viel besser aus, wie ihr ein Blick in den großen Spiegel deutlich zeigte.

Die Haare waren zerwühlt, sie waren beide halbnackt und ein Teil der Kleidung lag am Boden. Einige von den Knöpfen an Bettinas Dirndl hatten dem Ansturm der beiderseitigen Gier nicht standhalten können. Ihr Reißverschluss an der Skihose war da stabiler gewesen.

Jetzt begannen sie beide, sich wieder anzukleiden und die laute Volksmusik störte da gerade ungemein. Bis gerade eben hatte sie trotz des unbeschreiblichen Lärms kein Ohr dafür gehabt.

Der Sturm hatte in ihr getobt und alles andere verdrängt.

Vor dem Spiegel richteten sie sich schnell gegenseitig ihre Frisuren, wobei sie beinahe erneut übereinander hergefallen wären.

216

Die unbändige Leidenschaft war abermals erwacht!

Aber sie hielten an sich und saßen wenig später wieder zu dritt auf dem Sofa. Britta diesmal aber nicht zwischen ihnen.

Bettina fand ihre Fernbedienung, ein Druck auf den Knopf, das Radio verstummte und eine himmlische Ruhe trat ein.

Beim erneuten Anstoßen mit dem Prosecco versank Lissy wieder in Bettinas zauberhaften Augen und bemerkte gerade noch im letzten Moment, dass sie das Getränk nicht trinken durfte.

Britta räusperte sich und holte Lissy damit zurück. Auch Bettina begann wieder mit allen Sinnen in den Raum zurückzukommen.

„Gräfin von Wolfenfels!", begann sie und setzte fort: „Weißt du, wie gern ich als Kind auf dem Schloss übernachtet hätte?"

„Das wird geflissentlich stark überschätzt! Ich bin nicht gern da, in diesem dunklen Kasten!", entgegnete Lissy.

„Hast du denn schon mit deiner Aufgabe angefangen?", fragte Britta.

„Welche Aufgabe?", erwiderte Lissy.

„Na, die Bibliothek aufzuräumen!"

„Im Staub wühlen?", seufzte Lissy und blickte zum Schloss hinüber.

„Wenn ich hier fort könnte, dann würde ich dir gern dabei helfen!", erklärte Bettina.

„Was da für Geheimnisse zu finden wären!",
setzte sie noch hinzu und blickte ebenfalls zum
Schaufenster.

„Ich könnte ja auf deinen Laden aufpassen!",
äußerte Britta schließlich.

„Das wäre nett!", antwortete Bettina.

„Irgendwie kneift mein Slip!", bemerkte Lissy und rutschte auf dem Sofa hin und her.

„Und meiner ist mir zu groß!", entgegnete
Bettina.

„Kann das sein, dass ihr jeweils die Unterwäsche der anderen tragt?", fragte Britta nach.

„Eigentlich nicht. Ich habe meine aus Paris.
Von Madame Sandy Lou!", erklärte Lissy.

„Und ich aus deren Online-Shop!", setzte Bettina ihr entgegen.

Alle drei mussten sie darüber herzhaft lachen.

„Aber um noch einmal auf meine Frage zurückzukommen, könnte ich das Schloss einfach
mal so besuchen? Ich war da noch nie drin!",
begann Bettina erneut und fast bettelte sie darum.

„Ja, wenn du möchtest, aber erst mal nur für
den Tag. Für die Nacht muss ich erst fragen und
ich weiß noch nicht", erklärte Lissy.

Bettina fiel ihr sofort ins Wort: „Natürlich.
Ich will dich vor deiner Familie nicht bloßstel-
len!"

„Ein Gästezimmer haben wir auf alle Fälle.
Du könntest ja dort übernachten, aber das muss

erst vorbereitet werden!", beendete Lissy ihre Aussage.

„Ach so. Bitte entschuldige", lenkte Bettina ein.

„Und du passt auf meinen Laden auf?", fragte die Freundin jetzt Britta.

„Gib mir deine Telefonnummer, falls jemand mit einer speziellen Frage kommt, die ich nicht beantworten kann", entgegnete Britta und erhielt sofort Bettinas Handynummer.

„Bevor wir aber aufbrechen, sollten wir die Unterwäsche wieder zurücktauschen", erklärte Lissy schmunzelnd und ging zur Kabine hinüber.

Bettina folgte ihr mit zwei Schritten Abstand, aber es war natürlich auch kein Wunder, dass sie kurz übereinander herfielen, als sie erneut halbnackt voreinander standen.

Eine halbe Stunde später hatte jede wieder die eigenen Sachen an, Bettina schnappte sich ihren Mantel und sie brachen auf.

Gemeinsam gingen sie die Straße entlang und es war auffallend, dass Bettina einen Abstand zu ihr hielt.

Ein paar Tage zuvor hatte Lissy noch Angst vor der Nähe zu ihr gehabt, jetzt wäre sie so gern mit Bettina Hand in Hand den Berg zum Schloss hinaufgestiegen, aber bei jedem diesbezüglichen Versuch zog die Freundin ihre Hand fort.

So ähnlich hatte sich Margot damals immer in der Öffentlichkeit verhalten, aber bei ihr war es wohl dem geschuldet, dass sie verheiratet und Lissy nur ihre Patientin gewesen war.

Offensichtlich wollte Bettina nicht zu deutlich außerhalb ihrer Wohnung zeigen, was sie für sie fühlte und Lissy musste dies einfach akzeptierten.

Endlich waren sie vor dem Tor angekommen, sie klopfte und der Kammerdiener öffnete ihr.

„Gräfin", sagte er und machte eine Verbeugung.

Das schien auf Bettina mächtig viel Eindruck zu machen. Augenscheinlich hatte sie bis gerade eben noch nicht geglaubt, dass sie die Wahrheit gesagt hatte.

„Hallo Siegbert. Das ist Bettina Hase, eine Freundin!", erklärte Lissy und beinahe hätte sie »meine Freundin«, gesagt, konnte es sich aber gerade noch so verkneifen.

„Fräulein Hase, bitte treten sie ein!", entgegnete der Diener und gab den Eingang für sie beide frei.

Die Führung durch das Schloss und die Ahnengalerie begann.

In Anbetracht von Bettinas Verhalten hatte sie es nicht gewagt, nach dem Gästezimmer zu fragen, das würde sie dann später zuerst mit ihr bereden, wenn sie in der Bibliothek alleine waren.

Während der Schlossführung hielt sich der Diener ständig unauffällig auffällig in der unmittelbaren Nähe auf.

Es fiel Lissy aber denkbar schwer, ruhig zu bleiben, wenn sie in Bettinas Augen sah. Da war solch ein Sehnen in ihrer Brust, das unbedingt gestillt werden wollte.

Lissy versuchte so cool wie nur möglich zu bleiben, aber das wurde mit jedem Blick nur immer schwerer.

Mit Bettina in der Nacht unter einem Dach wäre es vermutlich völlig unmöglich.

Nach zwei Stunden der ausführlichen Führung waren sie endlich in der Bibliothek angekommen.

Die Tür des Raumes hatte Siegbert offen gelassen und stand irgendwo hinter ihr. Somit versuchte Lissy nicht in die Richtung der Freundin zu blicken.

Das war die reinste Qual! Nie im Leben würde das funktionieren, mit Bettina in einem Raum zu sein, ohne sich gegenseitig die Wäsche vom Leib zu fetzen!

„So! Das ist das Regal, das ich mir vorgenommen habe", erklärte Lissy schließlich und zeigte auf den ältesten Teil der gräflichen Büchersammlung.

Bettina trat an das Büchergestell, zog eines der Bücher heraus und löste damit eine Staubwolke aus, die den Raum und sie beide für den Bruchteil eines Augenblickes in dichten Nebel hüllte.

Leider nicht lang genug, für einen Kuss, nach dem sich ihre Lippen bereits so sehr sehnten.

Und im Augenwinkel konnte sie eine Bewegung sehen und das war sicher der Kammerdiener, der im angrenzenden Salon gerade Tassen und Teller für das Kaffeetrinken bereitstellte.

„Wollen wir zuerst Kuchen essen, bevor wir anfangen?", fragte Lissy.

„Natürlich! Das ist alles so wundervoll! Ich fühle mich wie ein Burgfräulein!", erwiderte Bettina aufgeregt.

32. Kapitel

Einem Geheimnis auf der Spur

Bereits seit drei Tagen half Bettina der Freundin beim Umräumen der Bibliothek. Das Regal des älteren Bereiches war insgesamt etwa fünf Meter lang und zwei hoch. Es mussten hunderte von Büchern darin stehen und nach der Zeit hatten sie noch keinen Meter gemeinsam geschafft.

Noch immer hatte Lissy auch nicht gefragt, ob sie hier übernachten wollte und dabei hatte sie doch so etwas am Anfang versprochen.

Sollte sie selbst danach fragen? Oder war das so, als wolle sie sich ihr aufdrängen?

Die Nähe der Freundin tat so gut, aber sie wäre ihr gern näher gekommen. Seit Tagen lauerte sie jetzt schon auf Momente der innigen Zweisamkeit und Zärtlichkeit, wie sie diese am Sonntag zuvor genossen hatten, doch vor dem Kammerdiener, der auffällig oft irgendwo in der Nähe herumwerkelte, hielt sich Lissy zurück und Bettina wollte die Freundin nicht in Schwierigkeiten bringen.

Dennoch schmerzte diese unfreiwillige Distanz und sie würde bis zum folgenden Wochenende warten müssen! Oder einfach schneller arbeiten!

Grübelnd zog sie ein neues Buch hervor, das wieder eine Wolke von Staub aufwirbelte.

Hustend hielt sie einen alten Folianten in der Hand und wartete abermals darauf, dass sich der Nebel der Jahrhunderte gelegt hatte.

Als die Wand aus Staub dann endlich zu Boden gesunken war, sah Bettina, dass sie durch das Regal hindurch beobachtet wurde.

Erschrocken schrie sie auf.

Sofort war Lissy neben ihr und sie zeigte auf die Lücke zwischen den Bänden.

Ein Auge war da deutlich zu sehen.

„Da ist ein Bild dahinter!", erklärte Lissy schließlich nach einem Moment und begann die angrenzenden Bücher vorsichtig zur Seite zu räumen.

Ein ziemlich großes Bildnis kam zum Vorschein, welches offenbar in Stoff eingewickelt war, der auch noch dieselbe Farbe wie die dahinterliegende Wand hatte, und durch ein Loch in dieser Verpackung war ein einzelnes Auge zu erblicken.

Nach etwa hundert beiseite geräumten Bänden konnten sie das Päckchen hinter dem Regal hervorziehen und achtsam auf dem kleinen Tisch ablegen.

Lissy suchte nach einem Messer, um die Schnur zu durchtrennen, die den ziemlich derben Stoff um das Gemälde hielt.

Gespannt wickelten sie es danach aus und Bettina stutzte.

„Das bist du! Eindeutig!", stellte sie fest, als Lissy das ausgepackte Kunstwerk auf den Tisch zurücklegte.

Diese Frau auf dem Bildnis hatte eindeutig Lissys Gesicht, nur die Frisur und die Kleidung waren anders.

Die Freundin zeigte auf den unteren Rand und erklärte: „Das Gemälde ist von 1417! Das muss eine meiner Vorfahrinnen sein!"

„Aber warum hat man es versteckt?", entgegnete Bettina neugierig.

„Ich vermute mal, dass es Giseldis darstellt! Ich hatte dir doch von ihrem Schicksal berichtet!", interpretierte Lissy wohl aus der Fundsituation und suchte nach einer weiteren Inschrift.

Jetzt fühlte sich Bettina wie eine Schatzgräberin! Sie war richtig aufgeregt! Und neugierig!

Schließlich hob Lissy das Bild an und aus einem Spalt im Holz rutschte ein dünnes Büchlein heraus.

„Jetzt wird es interessant!", bemerkte Bettina und fing das schmale Buch auf. Es war klein und mochte noch nicht mal vierzig Seiten dick sein, doch ihre Neugier war jetzt übergroß geworden.

Vorsichtig schlug Lissy das Buch auf.

Es hatte die mehr als 600 Jahre erstaunlich gut überstanden und machte nur seltsame Geräusche, wenn man die Seiten umblätterte.

„Es scheint ihr Tagebuch gewesen zu sein!", setzte sie hinzu, aber die Schrift war sehr schwer zu lesen.

„Aber warum hat da jemand das Bild hinter dem Regal versteckt?", erkundigte sich Bettina und blickte wieder zum Bücherregal.

„Vermutlich war sie das selbst!", erklärte Lissy ihr.

„Kannst du das lesen?", fragte Bettina die Freundin.

„Ja. Mein Vater hat mich damals regelrecht dazu gezwungen, diese alte Schrift zu lernen", erklärte Lissy und setzte noch erläuternd hinzu: „Dieses kleine Büchlein ist in vielerlei Hinsicht einzigartig. Damals konnten Frauen eigentlich nur selten schreiben, Pergament war ziemlich wertvoll und wurde nur für wirklich wichtige Texte genommen und schau mal hier!"

Lissy blätterte die Seite um und da war die Zeichnung einer Katze darauf zu erkennen.

„Was meinst du?", entgegnete Bettina der Freundin.

„Schau, wie sie die Katze gezeichnet hat! Da sieht man jedes Haar! In den Büchern derselben Zeit haben sich die Mönche kaum solch eine Mühe gemacht!", erklärte Lissy, zog ein anderes Buch aus dem Schrank und schlug es auf.

Sie suchte einen Moment darin, dann hielt sie die Zeichnung einer anderen Katze gegen die Abbildung von Giseldis. Da lagen wirklich Welten zwischen diesen beiden gleich alten Illustrationen.

„So hat damals nur Leonardo da Vinci gezeichnet, aber der ist erst ein paar Jahre nach ihr geboren! Was aus ihr alles hätte werden können, wenn sie nicht in den Tod gesprungen wäre. Sie war richtig begabt!", seufzte Lissy.

Noch eine Seite blätterte sie vorsichtig um und stutzte.

„Und das bist eindeutig du!", setzte sie hinzu und hielt ihr die Zeichnung einer jungen Frau hin.

Die Ähnlichkeit war frappierend! Sicherlich war dies eine ihrer Vorfahrinnen, denn ihre Familie lebte schon immer in dieser Gegend.

„Ich muss jetzt wissen, was sie geschrieben hat!", stieß Bettina aufgeregt aus.

„Morgen!", entgegnete Lissy, weil der Gong gerade zum Abendessen rief.

„Kann ich nicht bleiben? Da könnten wir das in der Nacht noch lesen! Ich bin so gespannt auf die Geschichte und kann nicht bis morgen warten! Bitte, Lissy!", bettelte sie die Freundin an.

Siegbert stand schon mit ihrem Mantel im Arm an der Tür der Bibliothek, wie er es seit Tagen jeden Abend um diese Uhrzeit machte.

„Bitte, Lissy! Ich bin so aufgeregt! Ich kann da unmöglich schlafen, wenn ich nicht weiß, was es mit diesem Bild in ihrem Buch auf sich hat!", erklärte Bettina.

„Also gut!", entgegnete Lissy und wandte sich zu dem älteren Mann um.

„Siegbert, Frau Hase bleibt heute Nacht bei uns! Richten sie ihr bitte ein Gästezimmer ein und stellen sie einen Teller für sie mit auf den Tisch!", beauftragte sie dem Kammerdiener.

„Sehr wohl, Frau Gräfin!", antwortete er, machte eine Verbeugung und ging.

Bettina wäre Lissy vor Freude fast um den Hals gefallen.

„Warte bitte hier, ich bringe nur das Buch und das Bild auf mein Zimmer!", erzählte Lissy noch, nahm vorsichtig die beiden Dinge und ging aus dem Raum.

Sie blieb alleine und nervös zurück.

Was mochten da alles für Geheimnisse in diesem kleinen Büchlein stecken? So viele Jahre hatte es unbemerkt hinter dem Büchergestell geschlummert und jetzt war es so kurz vor Weihnachten von ihnen beiden entdeckt worden.

Und es war definitiv ein Bild von einer ihrer Ahninnen gewesen, das Giseldis damals in das Buch gezeichnet hatte. Zwar nur etwa so groß, wie eine Hand, aber die Ähnlichkeit war unverkennbar.

Grübelnd ließ sich Bettina in einen Sessel fallen, der an der Tür zur Galerie stand. In ihrem Blick hatten sie die hunderte Bücher, die sie zuvor aus dem Regal genommen hatten, und die jetzt auf dem Boden standen.

Der Kater schlich um den Stapel und sah wirklich so aus, wie ihn Giseldis gezeichnet hatte.

Die Abbildung am Rande des anderen Buches, das Lissy aufgeschlagen auf dem Tisch liegen gelassen hatte, sah nicht wirklich nach einer Katze aus. Nach einem seltsamen Fantasiewesen schon eher.

Mäxchen stieß jetzt einen der Stapel um und Bettina sprang auf, um die Bücher wieder aufzuschichten.

So war sie auch beschäftigt und konnte ihre Aufregung etwas in den Griff bekommen.

Sie fühlte sich, wie eine Archäologin, die einen seit langer Zeit verschollenen Schatz gefunden hatte und sie verspürte in sich, dass diese Kostbarkeit auch etwas mit ihr selbst zu tun hatte.

Als sie die Bücher wieder sortiert hatte, trat Lissy in den Raum und holte sie zum Abendessen ab.

Schnell strich Bettina ihr Kleid glatt, richtete ihre Frisur vor dem Spiegel und ging mit ihrer Freundin mit.

Im Saal saß der alte Graf und sie machte einen tiefen Knicks vor Lissys Großvater, dann begann das Abendmahl.

33. Kapitel

Zwei alte Seelen

*L*angsam blickte Lissy zu der neben ihr sitzenden Freundin. Es war eindeutig zu sehen, wie unangenehm es Bettina momentan war, hier im Saal bei ihrem Großvater zu sein, aber sie hatte es ja so gewollt.

Das Essen vielleicht nicht, aber die Übernachtung im Schloss und damit eben auch das Abendmahl.

Außerdem war Bettina die Nervosität und Spannung über den Inhalt des Büchleins an der Nasenspitze anzusehen, aber der Anstand gebot es gerade, schweigend zu essen.

Gute Sitten eben!

Manchmal nervten die gewaltig! Auch das war ein Grund, dass sie sich hier oft unwohl fühlte. Es widerstrebte ihrem Sinn nach Freiheit, hier der Förmlichkeit aus längst verstaubten Jahrhunderten folgen zu müssen.

Die Mägde hatten ein ziemlich üppiges Abendessen gezaubert und dabei fiel die Portion für Bettina locker mit ab, zumal sie beiden gerade nicht viel herunterbekamen.

Das Essen endete, der Großvater ging und sie saßen noch einen Augenblick am leeren Tisch.

„Hast du überhaupt Wechselwäsche mit? Und ein Nachthemd?", fragte sie die Freundin.

„Nein! Aber ich könnte schnell was holen gehen", antwortete Bettina.

„Wir haben zwar den gleichen Kleidungsstil, aber eben unterschiedliche Konfektionsgrößen. Ich könnte dir ein T-Shirt von mir zum Schlafen geben, aber bei der Unterwäsche haben wir ja verschiedene Größen, allerdings könnten dir die Sachen meiner Schwester passen!", entgegnete Lissy.

„Ich soll den Slip einer Königin tragen?", fragte Bettina.

„Noch ist Franzi nicht gekrönt!", antwortete Lissy lächelnd.

Gemeinsam machten sie sich auf, um in dem Zimmer, in dem Franziska offenbar gelegentlich wohnte, nach ein paar Sachen für Bettina zu suchen.

Der Freundin war das sichtbar unangenehm.

Endlich hatten sie etwas Passendes in der Kommode gefunden und gingen damit den Flur entlang.

„Ich habe schon mal kurz in das Büchlein geschaut. Giseldis muss es erst in den Wochen vor ihrem Tode geschrieben haben. Es sollte wohl so etwas wie ein Vermächtnis oder ein Abschiedsbrief sein!", sagte Lissy zu ihrer Freundin, die es jetzt offenbar auch nicht mehr aushalten konnte, in die Geheimnisse des mehr als sechshundert Jahre alten Buches zu schauen.

Wenig später lagen sie nebeneinander auf dem Bauch im Bett, hatten das Bild von Giseldis auf einem Stuhl vor sich stehen und das fragile Büchlein in den Händen.

Zuerst wollten jetzt die Zeichnungen der fernen Vorfahrin bewundert werden.

Die mit Kohle gezeichneten Bilder waren so filigran, dass es einen schier umhauen konnte. Nie im Leben hätte Lissy gedacht, dass Giseldis zu der damaligen Zeit schon so zu zeichnen verstand und die Illustrationen nach mehr als 600 Jahren noch so faszinierend aussahen.

Besonders das Porträt ihrer Magd Gertrut faszinierte sie beide, denn Gertrut sah Bettina wirklich zum Verwechseln ähnlich.

Allerdings war das noch nicht das Absonderlichste an ihrem Fund, denn Giseldis hatte Gertrut ein paar Seiten weiter völlig nackt gemalt. Die junge Magd lag in einem Bett und schien zu schlafen.

„Nacktheit war damals eigentlich verpönt! Niemals hätte das jemand sehen dürfen! Giseldis wäre dafür sicherlich schwer bestraft worden und Gertrut gewiss ebenso!", erklärte Lissy der neben ihr liegenden Freundin.

„Jetzt will ich aber wissen, was sie geschrieben hat!", drängelte Bettina augenblicklich.

„Soll ich es dir zusammenfassen? Die Sprache damals war etwas sonderbar bis grotesk!", entgegnete Lissy und las eine Stelle wörtlich vor: „Die Gehobenheit meines Geistes vermag nur scheinbar die Wollust meines Leibes zu verbergen, doch es muss sein, denn die alten wütigen Weiber sind nicht so keck und lebhaft, wie meine Gertrut, sondern sie sind mit ihrer zornigen Gestikulation gleich den höllischen Furien! Sie wollen uns trennen und dies darf nimmer geschehen!"

„Steht da wirklich »meine Gertrut«?", fragte Bettina nach.

„Ja! Im selben Satz, in welchem sie ihre Wollust schildert. Sie meint das wohl nicht im Sinne einer Magd, die ihr dient, sondern einer gleichgestellten Frau und Buhlin!", erzählte Lissy.

„Was meinst du mit Buhlin?", erwiderte Bettina.

„Oh! Jetzt bin ich wohl in ihr Jahrhundert abgetaucht. Heute würde man Geliebte dazu sagen!", erklärte sie.

„Magd und Herrin lieben sich?", fragte Bettina zurück.

„Ja und vermutlich nicht nur platonisch, sondern wirklich körperlich und sexuell! Das würde damit auch das Abbild der nackten und schlafenden Gertrut in dem Buch erklären!", bestätige Lissy die Idee der Freundin.

„Ok, berichte es mir einfach seitenweise mit deinen Worten", antwortete Bettina augenblicklich und blickte gespannt auf das Buch.

Vorsichtig blätterte Lissy durch die Seiten und fasste danach zusammen: „Giseldis und Gertrut waren wirklich ein Liebespaar. Dann hat der Vater von Giseldis einen Maler aus Italien in die Burg geholt, um ein Gemälde von ihr zu erstellen, mit dem sie die Frau eines Herzogs werden sollte. Damals gab es ja noch keine Fotos, wie das heute so bei Partnerbörsen ist und kein Herzog kaufte da eine Katze im Sack! Das Bild ist das da!"

Mit der Hand zeigte sie auf das Kunstwerk, das vor ihnen stand.

„Dummerweise hat sich Giseldis dabei in den Maler verliebt. Sie haben sich über ihre Zeichnungen ausgetauscht und dann kam das, was wohl weder sie noch der Mann gewollt hatten, Giseldis wurde von ihm schwanger! Die Verwandtschaft war darüber nicht amüsiert und aus lauter Verzweiflung beschlossen Gertrut und Giseldis gemeinsam in den Tod zu gehen, bevor die Magd und ihre Herrin den Tod durch die wütenden Angehörigen von Giseldis finden würden. Die Magd hatte ein Gift gemischt, das aber bei Giseldis nicht gewirkt hat. Aus Gram über den Tod der Geliebten, und um ihren Häschern zu entgehen, sprang sie danach vom Turm aus in den Tod!"

„So ein grausames Schicksal!", seufzte Bettina.

„Vielleicht stecken diese beiden alten Seelen jetzt in uns!", begann Lissy zu erzählen.

„Das wäre gut möglich! Ich hatte bei unserem ersten Treffen das Gefühl, dich schon ewig zu kennen!", entgegnete Bettina.

„Und mir ging es genauso!", setzte Lissy hinzu.

„Wenn du das in Relation zu heute setzt, dann war Jim der Maler und ich wäre beinahe seinetwegen vom Turm gesprungen", seufzte Lissy und schob das Büchlein vorsichtig auf den Nachttisch.

„Nach über sechshundert Jahren haben sich unsere Seelen wiedergefunden. Wir sollten die Gelegenheit nicht ungenutzt verstreichen lassen!", erklärte Bettina und drehte ihr das Gesicht zu.

Lissy versank erneut in den Augen der Freundin. Das war magisch! Da war kein Entkommen möglich!

Noch einmal nahm sie das Büchlein und las laut ein Gedicht auf der letzten Seite vor. Es war der Abschied von Giseldis gewesen.

Und es sollte wohl jetzt so etwas, wie der Beginn von etwas Neuem werden: „Als weiches grünes Gras feucht vom Tau an meinem nackten Rücken kitzelte, das sprühte des Himmels Blau auf deine Zärtlichkeit herab, die mich umhüllte, wie ein Gewand aus tausend Sternen. Da lag ich in deinen Armen, mit nichts, als deinem Blick auf meiner Haut und der Liebe zu dir in meinem Herzen! Der Tod wird uns für immer verbinden. Wir sind eins in Gottes weitem Himmel!"

„Das ist so schön romantisch", hauchte Bettina und raubte sich einen Kuss. „So will ich dich ebenfalls auf mir spüren!", flüsterte sie noch hinzu.

„Dann soll es wohl so sein! Doch dieses Mal werden wir im Leben verbunden sein! Auf immer!", hauchte Lissy, legte das Büchlein zurück und küsste die Freundin.

Augenblicklich waren sie nicht mehr Lissy und Bettina, sondern Giseldis und Gertrut, die ihre ungestillte Leidenschaft herausließen.

Es störte sie nicht, dass die Zimmertür unverschlossen war.

Ziemlich stürmisch entledigten sie sich ihrer Kleidung und liebten sich unter den Augen des Gemäldes.

Schnaufend, stöhnend und im Höhepunkt gemeinsam vereint lagen sie danach nackt im Bett. Gegenseitig streichelten sie sich.

„Nichts und niemand wird uns jemals wieder trennen", hauchte Bettina ermattet, aber sichtbar glücklich.

„So sei es!", entgegnete Lissy und küsste die Freundin erneut.

Sehr viel später war Bettina vor Erschöpfung eingeschlafen, Lissy schlurfte ins Bad und als sie nach einem Augenblick wieder zurückkam, lag Bettina genau in der Art vor ihr, wie Giseldis damals Gertrut gezeichnet hatte.

Noch weiterer Bestätigungen ihrer beider Vermutung bedurfte es damit wirklich nicht mehr.

Es war Schicksal!

Sie zwei würden glücklich werden, weil das den beiden anderen Liebenden vor Jahrhunderten nicht vergönnt gewesen war.

Kurz blickte Lissy Giseldis in die Augen, nickte dem Gemälde zu, kuschelte sich zu der nackten Bettina und schaltete das Licht ab.

Tief in sich hörte sie ein gehauchtes: „Danke!"

Danach schmiegte sie sich an die Geliebte an und schlief ein.

Niemand würde sie wieder trennen und wenn der Großvater sie enterben würde, dann war das eben so.

Kein Geld der Welt war es Wert, diese Liebe wieder zu verlieren!

Bettina war der größere Schatz, den sie sich momentan vorstellen konnte.

34. Kapitel

Dem Paradies so nah

*B*ettina erwachte und brauchte einen Moment, um zu verstehen, wo sie sich befand. Das Bett neben ihr war leer und aus dem Badezimmer hörte sie die Brause. Lissy sang leise unter der Dusche und hatte die Tür offen gelassen.

Diese Nacht war wirklich außergewöhnlich gewesen und sie setzte sich im Bett auf. Dabei fiel ihr Blick jetzt auf das alte Gemälde, das auf einem Stuhl stehend direkt zu ihr herüberblickte.

Mehr als 600 Jahre hatte es versteckt hinter dem Regal ausgeharrt, bis sie es zufällig am Tage zuvor gefunden hatten.

Aber war es wirklich Zufall gewesen?

Bettina schaute zu dem kleinen Büchlein auf dem Nachttisch. Vermutlich war es Absicht von Giseldis, dass sie es nach all den Jahrhunderten jetzt finden mussten.

Bettina rollte sich aus dem Bett und blickte auf den Kleiderberg herab, den sie am Abend zuvor vor dem Bett aufgeschichtet hatten, in wilder Hast hatten sie sich einfach die Kleidung vom Leibe gefetzt und dort vor das Bild geworfen.

Wenn sie an Lissys Schilderungen dachte, dann musste es wohl Giseldis und Gertrut vor unendlichen Zeiten in diesen Räumen möglicherweise ebenfalls so gemacht haben.

Die Sehnsucht zog sie in das Bad, aus dem Lissys liebliche Stimme gerade ziemlich wundervoll einen alten Schlager trällerte.

Diesem Lockruf wollte und konnte sie sich nicht entziehen.

Geschwind lief sie auf nackten Sohlen zur Geliebten hinüber.

„Oh! Habe ich dich geweckt?", fragte Lissy sie, als sie das Badezimmer betrat.

Flugs schlüpfte Bettina zu ihr unter die heiße Brause und suchte noch mehr die Nähe ihrer Freundin.

„Du bist die Liebe meines Lebens!", hauchte Bettina.

Vor ein paar Tagen war sie sich dessen noch nicht sicher gewesen, jetzt gab es daran keinen Zweifel mehr.

Sie beugte sich zum Ohr der Freundin und flüsterte: „Ich spüre diese tiefen Gefühle für dich in mir. Sie sind ganz stark. So etwas Schönes habe ich noch nie zuvor gespürt!"

Lissy legte ihre Arme um Bettinas Nacken und sie begannen sich leidenschaftlich zu küssen.

Langsam schob sich ihre Zunge in Bettinas Mund und nahm ihr den Atem. Das war einfach nur göttlich!

Lissys streichelnde Hände jagten ihren Puls hoch.

„Ich könnte dich auffressen!", stöhnte Lissy.

„Tu es doch!", forderte Bettina die Freundin auf.

Lissy löste sich unverzüglich aus ihren Armen, kniete sich vor sie hin und kam ihrem eigenen Vorschlag sofort nach.

Das war irre und Bettina warf vor Lust vergehend den Kopf zurück.

Es dauerte keine Minute, da überrollte sie der erste Orgasmus ziemlich explosiv und sie hing schnaufend in Lissys Armen, bevor sie die Plätze tauschten und sie ihr Gesicht im Schoß der Freundin vergrub.

Schließlich seiften sie sich gemeinsam ab und traten wenig später wieder in ihr Zimmer.

Eine Magd musste wohl etwas aufgeräumt haben, denn die Wäsche lag jetzt sauber auf einem Hocker.

Für einen Augenblick war es Bettina peinlich, dass die Magd wohl ihren Schrei der Lust mitbekommen haben musste, doch dann gab ihr Lissy einen Kuss und alles war wieder gut.

Angezogen stand Bettina wenig später vor dem Bild von Giseldis.

„Sollten wir das jetzt nicht in die Galerie aufnehmen lassen?", fragte sie.

„Ich weiß nicht, was mein Großvater dazu meint, aber wir können ihn ja mal fragen!", entgegnete Lissy und trat zu ihr.

240

„Wir gehen zum Frühstück und nehmen es einfach mit!", sagte sie noch und griff sich das sperrige Gemälde auf der großen Holzplatte.

Wenig später saßen sie im Esszimmer und Lissy hatte das Bild neben sich auf dem Stuhl abgestellt. Ihr Großvater war noch nicht da, oder schon wieder gegangen.

Nach dieser Nacht der Ekstase waren sie beide hungrig und stürzten sich auf das Essen. Und sie fütterten sich auch spielerisch gegenseitig.

Als sie gerade fertig waren, kam Lissys Großvater, der alte Graf, in den Raum und jetzt trat die Geliebte zu ihm.

Es dauerte eine Weile und bedurfte aller Überredungskünste der Freundin, bevor der alte Mann dann doch zustimmte, das Bild von Giseldis in die Reihe der Ahnen mit aufzunehmen.

Ein paar Augenblicke später war die passende Stelle gefunden und Siegbert hatte dafür einen Nagel in die Wand geschlagen, an dem sich das Gemälde dann in der Reihe der alten Porträts befand.

Hand in Hand standen sie für ein paar Minuten davor, bevor sie danach mit ihrer Arbeit weitermachten.

Das Chaos des Tages zuvor musste in der Bibliothek noch beräumt werden.

Gemeinsam ging die Arbeit dieses Mal ganz fix und ein gelegentliches Küsschen war Belohnung für die beiderseitige Mühe, die sicher in der

Nacht ziemlich heiß belohnt werden würde. Nur die Unterwäsche musste Bettina noch holen.

Nur schwer konnte sie sich dann von der Geliebten trennen und eilte ins Tal hinab.

Als sie zum Abendessen mit ihrer Tasche wieder im Schloss eintraf, hatte Lissys Großvater zugestimmt, dass sie zu Weihnachten alle gemeinsam im großen Saal feiern durften.

Es würde die erste Weihnachtsfeier seit Jahrzehnten in diesem Schloss werden.

Nach dem ziemlich üppigen Abendessen eilten sie wieder auf ihr Zimmer und das Gästezimmer, das die Mägde für sie vorbereitet hatten, würden sie auch in dieser Nacht nicht brauchen.

Kaum war die Tür hinter ihnen geschlossen, entkleideten sie sich ziemlich schnell gegenseitig.

Bruchteile eines Wimpernschlages später lagen sie bereits nackt im Bett und genossen die gegenseitigen Streicheleinheiten.

Obwohl es nicht besonders warm in diesem Zimmer war, trat Bettina schon bald der Schweiß auf die Haut und auch der von Lissy verteilte sich auf ihrem Körper.

Fordernd und gierig trieben sie sich gegenseitig voran.

Die von Lissy geweckte Flamme in ihrem Leib begann sie vor Lust zu verzehren, bis der erste Schrei der Ekstase sie zur Erlösung brachte.

Mit schnell schlagendem Herzen lag sie wenig später in Lissys Armen und genoss einfach die Nähe der Geliebten.

Sie streichelten und küssten sich.

An Lissys Seite war sie dem Paradies so nah, aber sie brauchten keinen Adam!

35. Kapitel

Eine leichte Wahl

Die Einladung zur Weihnachtsfeier auf dem Schloss war ziemlich überraschend für Britta gewesen. Fast eine Woche lang hatte sie weder von Bettina noch von Lissy etwas gehört und in dieser Zeit Bettinas Geschäft betreut, aber so wirklich war da gar nichts zu tun gewesen.

Ein paar reservierte Dirndl ausgeben und gelegentlich eine Kundin beraten. Dazu hatte sie die Freundin nicht fragen müssen.

So kurz vor dem Fest war es hier eher langweilig und daher hatte sie viel Zeit zum Überlegen und Grübeln. Britta aus dem Juweliergeschäft nebenan war regelmäßig jeden Tag bei ihr gewesen.

Zusammen hatten sie immer in einem kleinen Restaurant in der Nähe Mittag gemacht und dabei schon aufgeregt Pläne für das nächste Jahr geschmiedet.

Nach der Neujahrsfeier sollte die Wiedereröffnung des Schmuckgeschäftes erfolgen und dazu gab es noch so einige Absprachen zu treffen.

Zum Glück hatte sie einige ihrer alten Entwürfe auf dem Handy gespeichert, womit sie ihrer neuen Freundin einen kleinen Ausblick auf ihre Arbeit geben konnte.

Sie beide verstanden sich blendend und es war, als würden sie sich schon ewig kennen und hätten nur auf die Gelegenheit gewartet, gemeinsam als gleichberechtigte Partner einen Laden zu führen.

So waren die Tage dahingegangen und Simon hatte ihr dann immer die Nächte versüßt.

Die beiderseits geweckte Lust war noch lange nicht gestillt, die Leidenschaft noch nicht erkaltet.

Sie konnte es nicht erwarten, dass der Tag endlich endete und Simon zu ihr eilen konnte.

Ein paar Mal hatte er sie auch kurz im Geschäft besucht, wo sie ihm dann immer schnell die Umkleidekabine gezeigt hatte und sie kurz darauf die Engel singen hörte.

Entgegen ihrer Befürchtungen hatte sich Simon darüber gefreut, dass sie in die Stadt ziehen wollte und sie würde fürs Erste sogar in seiner Wohnung unterkommen können, bevor sie sich eine gemeinsame und etwas größere Bleibe nehmen würden.

Die Mutter hatte sich erstaunlich schnell mit ihrem Fehlen bei der Weihnachtsfeier arrangiert. Die Aussicht darauf, bald Enkel zu bekommen, hatte sie offensichtlich geschwind mit der Tatsache ausgesöhnt, dass Britta jetzt sehr weit von ihr entfernt wohnen würde.

Überschwänglicher hatte der Vater reagiert und ihr noch zusätzlich Mut gemacht, ihren Weg weiterzugehen und ihren Traum zu verwirklichen.

Momentan fügte sich offenbar alles so, wie sie es sich jahrelang insgeheim gewünscht hatte und eigentlich hatte Britta nur Angst, dass sie erwachen würde und hätte das alles nur geträumt.

Am nächsten Tag war also der 24. Dezember. Und da würde sie demzufolge auf das Schloss gehen, um dort zu feiern und Simon durfte sie dorthin begleiten.

Lissy hatte zugestimmt, dass sie den Freund mit ins Schloss brachte und dort auch für eine Übernachtungsmöglichkeit gesorgt, damit sie am Abend im Dunklen nicht noch einmal zurück zu ihrem Hotel musste.

Aber zuvor kam noch eine Nacht, die sie das erste Mal in Simons kleiner Wohnung verbringen wollte.

Das sollte so eine Art von Vorgeschmack auf das werden, was sie ab Silvester hoffentlich ganz lange miteinander haben würden.

Erst im gemeinsamen Alltag würde sich zeigen, ob sie wirklich zusammenpassten.

Der Bauch stimmte dem schon lange zu, nur der Verstand musste noch überzeugt werden! Doch die Schmetterlinge umhüllten sie einfach.

In der abendlichen Stadt ging sie den Weg durch die kleinen erleuchteten Gassen hindurch.

Schließlich stand sie vor dem Hause und klingelte aufgeregt.

Simon machte ihr auf und trug einen wundervoll sitzenden Anzug.

Galant half er ihr aus dem Mantel und geleitete sie zum Sofa, wo er bereits eine Karaffe mit einem roten Wein für sie bereitgestellt hatte. Auch zwei auserlesene Gläser aus geschliffenem Kristall standen dort für sie bereit.

Nachdem er eine Kerze entzündet und das Licht gelöscht hatte, saßen sie zusammen auf der Couch, stießen mit dem Wein an und genossen dieses köstliche Getränk, das fast so gut schmeckte, wie Simons Küsse.

Und damit sie beides besser miteinander vergleichen konnte, küsste sie Simon nach jedem Schluck.

Er erwiderte ihre Küsse leidenschaftlich und noch vor dem Ende des ersten Glases trug er sie die kurze Stecke bis zu seinem Schlafzimmer auf Händen.

Dort hatte er eine wundervolle Bettwäsche aufgezogen und das ganze Bett mit Rosenblütenblättern bestreut. Im Dezember! Das musste doch ein Traum sein!

Vor diesem Bett stehend hauchte sie ihm ins Ohr: „Bitte kneife mich, damit ich weiß, dass ich mir das hier nicht alles nur einbilde!"

„Ich weiß etwas Besseres, als dich zu kneifen!", entgegnete Simon, lächelte anzüglich und befreite sie langsam aus ihrem Kleid.

In Anbetracht des erwarteten lustvollen Abends hatte sie in Bettinas Laden eine exklusive rote Spitzenunterwäsche gefunden, die ihr ganz wundervoll passte.

Der Kontrast zu ihrer bleichen Winterhaut war vor dem Spiegel in ihrer Suite wirklich atemberaubend gewesen und daher hatte sie diese Wäsche für diese besondere Nacht angezogen und wohl auch Simons Geschmack getroffen, denn er stöhnte auf, als er das mit Spitze besetzte Stoffteil auf ihrem Leib bemerkte.

Im Reflex legte sie ihm ihre Hand in den Nacken und zog ihn zu sich heran. Ihre Lippen fanden sich erneut und dieser Kuss war der Himmel!

Der Verstand wurde umnebelt und sagte kein Wort mehr. Hier war er völlig nutzlos und das unfassbare Gefühl seiner Nähe jagte die Schmetterlinge zu hunderttausenden durch ihren Bauch.

Das war einfach nur wundervoll.

Simon löste sich aus dem Kuss, mit einer schnellen Bewegung hob er sie erneut auf seine Arme und trug sie die zwei Schritte bis zum Bett, auf dem er sie sanft ablegte.

Ihr ganzer Leib kribbelte vor Vorfreude auf das, was diese Nacht ihr bringen würde.

Vor dem Bett stehend, entledigte sich Simon seiner Kleidung. Auf Unterwäsche hatte er allerdings verzichtet.

Erneut betrachtete sie den Mann und konnte immer noch nicht glauben, dass das alles kein Traum war. Simon war ihr Traummann!

Er küsste sie und begann sie zärtlich zu streicheln.

Das war einfach nur wunderschön! Eine Gänsehaut folgte seine Fingerspitzen und sie drückte sich ihm entgegen.

Britta hatte ihr großes Glück gefunden und sie bat die Engel, dass es ganz lange hielt. Dann ließ sie sich fallen und schaltete den Verstand ab.

Diesen Mann würde sie nie wieder loslassen, die Engel sangen in ihrem Kopf und sie flog in den siebenten Himmel hinauf.

36. Kapitel

Für immer und ewig?

Es war der Morgen des 24. Dezembers und richtig gemütlich warm in ihrem Zimmer. Lissy lag erneut nackt in dem Bett, hatte Bettina im Arm und versank gerade erneut in diesen zauberhaften Augen.

So wollte sie jeden Morgen erwachen und abends einschlafen.

Nichts anders zählte mehr. Keine Partys, keine schnellen Autos und kein Geld der Welt. Mit nichts davon konnte sie solch ein Glück finden, das sie gerade mit Bettina erlebte.

Dafür riskierte sie auch den Rauswurf durch den Großvater, denn die Zimmertür war nicht verschlossen.

Sollte Siegbert oder eine der Mägde in das Appartement treten, dann würde der Großvater noch vor dem Frühstück wissen, dass sie hier mit Bettina in Sünde lebte! Aber es war ihr mittlerweile völlig egal! Nur die Geliebte zählte noch.

„Guten Morgen, meine Liebe", flüsterte Bettina.

„Ich liebe dich so unsäglich", hauchte Lissy und verschloss Bettinas Mund mit einem Kuss.

Und dieser Kuss riss sie beide mit.

Ungeachtet der frühen Stunde gaben sie sich ihrer Lust hin und lagen nur ein paar Minuten später schnaufend übereinander.

Als Lissy wieder einen klaren Gedanken fassen konnte, bemerkte sie, dass eine der Mägde in dem Raum stand.

Damit war wohl offen gedeckt worden, was sie gern vor dem Großvater verborgen hätte, doch es war ihr gleichgültig. Diese Liebe hier zählte, sie war für immer und ewig.

Die Magd eilte aus dem Zimmer und Bettina bemerkte dies erst, als die Tür hinter ihr laut zuschlug.

„Und jetzt? Was tun wir jetzt?", fragte sie.

„Wir machen weiter, wie bisher!", entgegnete Lissy und setzte sich im Bett auf.

Sie blickte auf die Geliebte herab, deren Körper von der gerade erlebten Lust noch im Schweiße glänzte. Daran konnte man sich niemals sattsehen!

„Ich würde es jetzt gern mit Giseldis sagen!", begann sie und zog das winzige Büchlein zu sich.

Bettina blickte sie gespannt an und Lissy suchte die Seite mit dem Gedicht, das die Vorfahrin vor ewigen Zeiten für ihre Gertrut geschrieben hatte.

Endlich hatte sie die Seite gefunden und las vor: „Wir beide sind fest verbunden durch die Passion unserer Lust. Ich gebe mich dir mit

Wonne hin. Exzessiv und unfähig, das zu beschreiben, was ich in mir für dich fühle!"

Lissy ließ das Buch sinken und diese wunderschönen Rehaugen fixierten sie erneut.

„Gertrut und Giseldis sind damals gemeinsam in den Tod gegangen, doch ich will mit dir leben, bis an das Ende meiner Tage! Du entflammst mein Innerstes und erregst mich zutiefst! Deine Berührungen schüren das Feuer aus der Glut. Mit dir erlebe ich eine Sinnlichkeit, die ich zuvor nie kannte. Ich bin verrückt nach dir!", erklärte Lissy und es war wohl auch so etwas, was Giseldis oder Gertrut hätten sagen können.

Unverzüglich hob Bettina ihr das Gesicht entgegen und sie wurde für diese Worte von ihr mit einem Kuss belohnt.

„Ich fühle es ebenso und es ist nicht Gertruts Seele, die mich das tun lässt, sondern die grenzenlose Lust. Diese Sinnlichkeit, die ich erst durch dich gefunden habe!", entgegnete die Geliebte leise.

„Wir sollten duschen und dann packen, bevor uns mein Großvater noch nackt aus dem Hause wirft!", setzte Lissy hinzu und wollte in das Bad wechseln, doch Bettina ließ sie nicht aus ihrem Arm.

„Soll er uns doch verjagen und verbannen! Ich stehe zu dir und bei mir hast du immer einen Platz. In meinem Herz, in meiner Wohnung und meinem Bett!", erklärte Bettina, bevor die Geliebte sich über sie warf und begann, alle Sorgen aus Lissys Kopf zu streicheln.

Es dauerte eine Weile, bevor sie das Gehirn leer machen und schließlich die Streicheleinheiten der Geliebten genießen konnte.

Und es war für Reue eh schon zu spät!

„Willenlos ergebe ich mich dir. Ich zittere, wartend auf diese Explosionen der Lust. Du bist mein Funken, der mir die Erlösung bringt. In diesem Vulkan der Leidenschaft fallen wir beide hinab. Wir sinken gemeinsam durch die Zeit. Ich möchte immer mit dir schlafen, eng und umschlungen. Was auf der Welt kann schöner sein?", seufzte Lissy.

Dann trieben Bettinas zärtlichen und zugleich fordernden Berührungen sie davon und letztlich kam Lissy erneut ziemlich heftig.

Der Vulkan war ausgebrochen und sie zuckte unkontrolliert unter Bettinas wundervollem Leib!

Schnaufend lagen sie sich letztlich in den Armen.

Nach dem Duschen räumte sie schnell ihre Sachen in eine Tasche und ging mit Bettina, Händchen haltend, zum Speisesaal hinab.

Dort ließen sie es sich gerade schmecken, als ihr Großvater den Raum betrat.

Sicherlich hatte die Magd ihn schon informiert, denn er sah ziemlich zornig aus.

Daher begann Lissy schnell ihr Verhalten zu erklären und sie endete mit den Worten: „Ab heute bin ich dann für alle nur noch Lissy Wolf und der zukünftigen Königin nur zufällig ziemlich ähnlich. Damit brauchst du dich für mich nicht zu schämen und wenn du meinen Erbteil nutzbringend anlegen willst, dann machen einen Fonds daraus, der den Opfern von K.-o.-Tropfen helfen kann!"

Der Gesichtsausdruck des alten Mannes hellte sich bei dieser Erklärung nur sehr wenig auf, aber das war ihr völlig egal.

Lissy hatte jetzt keine Angst mehr in sich. Nicht vor dem Großvater, nicht vor der zu erwartenden Armut oder was auch immer sonst noch kommen würde.

Mit Bettina an ihrer Seite war alles nur noch halb so schwer.

„Können wir wenigstens hier noch Weihnachten feiern? Meine Wohnung ist noch nicht geschmückt?", fragte Bettina plötzlich und zeigte auf den wundervollen Weihnachtsbaum in der Ecke.

Diese Frage überrumpelte den Großvater wohl etwas, denn es war ihm anzusehen, dass er sie gerade noch sofort aus dem Hause werfen wollte, doch auf Bettinas Anfrage nickte er jetzt nur und trat auf sie zu.

„Du brauchst das Schloss nicht zu verlassen! Es ist dein Leben und ich wünsche dir viel Glück dabei! Ich sehe, du hast die Richtige gefunden und nur das zählt doch! Aber seid vorsichtig, nicht jeder wird euer Glück verstehen!", erklärte er und ging.

Er ließ sie völlig verblüfft und wortlos zurück und sie starrte ihm nach.

Selbstverständlich waren seine letzten Worte so gemeint, dass sie nicht wieder Ungemach über die Familie bringen sollte. Sie würde in dieser Stadt bleiben und ihr lasterhaftes Liebesleben ablegen. Aber sie würde auch weiterhin über genügend finanzielle Mittel verfügen können.

„Das ist wie ein Weihnachtswunder!", stieß sie einen Augenblick später aus.

„Noch eines? Wo wir doch schon das Bild und den Brief gefunden haben?", entgegnete Bettina.

„Und uns!", setzte Lissy hinzu.

„Möge unser Glück für ewig halten!", seufzte Bettina.

„Das wird es ganz sicher! Und darüber hinaus!", bestätigte Lissy und küsste die Geliebte.

ENDE

Von Uwe Goeritz im Verlag BoD (Books on Demand, Norderstedt) ebenfalls erschienene Bücher:

„Cecilia im Bann der Liebe"
Die ISBN lautet: 978-3-7392-4583-6
112 Seiten

„Für Immer an deiner Seite"
Die ISBN lautet: 978-3-7412-8407-6
112 Seiten

„Die Liebe ist (k)ein Ponyhof"
Die ISBN lautet: 978-3-7412-7920-1
116 Seiten

„Griechische Küsse"
Die ISBN lautet: 978-3-7448-7274-4
116 Seiten

„Liebe hinter Klostermauern"
Die ISBN lautet: 978-3-7448-8973-5
120 Seiten

„Ein Pflaster für die Seele"
Die ISBN lautet: 978-3-7460-7947-9
112 Seiten

„Das Tor zum Paradies"
Die ISBN lautet: 978-3-7528-5837-2
124 Seiten

„Ein Kater rettet das Weihnachtsfest"
Die ISBN lautet: 978-3-7481-2863-2
236 Seiten

„Aurelia - Geliebter Engel"
Die ISBN lautet: 978-3-7494-5128-9
244 Seiten

„Sieben Nächte im Paradies"
Die ISBN lautet: 978-3-7347-6647-3
244 Seiten

„Drei verrückte Weihnachtswünsche"
Die ISBN lautet: 978-3-7494-8575-8
172 Seiten

„Ein besonderes Praktikum"
Die ISBN lautet: 978-3-7528-4866-3
248 Seiten

„Aurelia – In himmlischer Mission"
Die ISBN lautet: 978-3-7519-1416-1
244 Seiten

„Groupies tragen keine Ringelsöckchen"
Die ISBN lautet: 978-3-7519-8353-2
136 Seiten

„Heiße Küsse im Advent"
Die ISBN lautet: 978-3-7526-1175-5
264 Seiten

„Aurelia - Liebe in teuflischen Tiefen"
Die ISBN lautet: 978-3-7526-4538-5
260 Seiten

„Auf der Suche nach Mister Romeo"
Die ISBN lautet: 978-3-7534-9226-1
160 Seiten

„Ein Winterurlaub der Sinne"
Die ISBN lautet: 978-3-7543-7451-1
252 Seiten

„Aurelia - Im Kampf auf Liebe und Tod"
Die ISBN lautet: 978-3-7557-6151-8
272 Seiten

„Eine Nixe zum Abendessen"
Die ISBN lautet: 978-3-7557-1044-8
252 Seiten

,

Aktuelle Informationen und Neuerscheinungen finden sie immer im Internet unter:

www.Goeritz-Netz.de